西班牙贺雅德文学奖得主作品　　国际获奖大作家系列

疯狂爱书人

[墨]胡安·维拉罗 著

肖涵予 译

人民文学出版社　天天出版社

著作权合同登记：图字 01-2018-8551

Copyright © Juan Villoro 2008
Interior illustrations by EKO
First published as *El libro salvaje* by Fondo de Cultura Económica, Mexico City, 2008
The simplified Chinese translation rights arranged through Rightol Media on behalf of Restless Books, Inc.（本书中文简体版权经由锐拓传媒旗下小锐取得 Email:copyright@rightol.com）

图书在版编目（CIP）数据

疯狂爱书人 /（墨）胡安·维拉罗著；肖涵予译. -- 北京：天天出版社，2019.10（2024.5重印）（国际获奖大作家系列）
ISBN 978-7-5016-1556-8

Ⅰ.①疯… Ⅱ.①胡… ②肖… Ⅲ.①儿童小说－长篇小说－墨西哥－现代 Ⅳ.①I731.84

中国版本图书馆CIP数据核字(2019)第203360号

责任编辑：崔旋子　　　　　　**美术编辑**：邓　茜
责任印制：康远超　张　璞

出版发行：天天出版社有限责任公司
地　址：北京市东城区东中街42号　　　**邮编**：100027
市场部：010-64169902　　　　　　　　　**传真**：010-64169902
网　址：http://www.tiantianpublishing.com
邮　箱：tiantiancbs@163.com

印　刷：三河市博文印刷有限公司　　　**经销**：全国新华书店等
开　本：880×1230　1/32　　　　　　　**印张**：8
版　次：2019年10月北京第1版　　**印次**：2024年5月第8次印刷
字　数：125千字　　　　　　　　　　　**印数**：48,001-68,000册

书　号：978-7-5016-1556-8　　　　　　**定价**：29.80元

版权所有·侵权必究
如有印装质量问题，请与本社市场部联系调换。

目 录

1 / 第一章　分离

10 / 第二章　补铁口服液

21 / 第三章　提托舅舅

31 / 第四章　会移动的书

48 / 第五章　药房里的药

57 / 第六章　控制你的超能力

68 / 第七章　同一本书，不同的故事

75 / 第八章　影子之书

88 / 第九章　《疯狂之书》

102 / 第十章　被擦去的故事

116 / 第十一章　敌人

127 / 第十二章　盗窃之书

139 / 第十三章　王子制定规则

151 / 第十四章　提托烹饪故事

162 / 第十五章　卡塔琳娜来到图书馆

173 / 第十六章　时间和曲奇饼

191 / 第十七章　无声的机械

202 / 第十八章　曲折的射线

214 / 第十九章　影子俱乐部

228 / 第二十章　美味的诱饵

234 / 第二十一章　结束也是开始

第一章　分离

我要给大家讲一讲我十三岁的时候发生的事。这个故事像一双无形的手，扼住我的喉咙，让我难以呼吸，也难以忘记。这可能听起来有点儿奇怪，可是那种感觉是如此真切，我甚至还能清楚地感觉到这双握住我的手还戴着手套。

如果我不讲出这个故事，我就会一直是它的囚徒。而当我开始写下这个故事的时候，我已经感到一丝释然。这双无形的手还在握着我，可是手指已经微微松开，仿佛讲完这个故事的时候，我便可以重获自由。

这一切都是从土豆泥的味道开始的。每当妈妈遇到不顺的事情而心情糟糕的时候，她都会做土豆泥。她会怒气冲冲地使很大的劲儿捣土豆，这能帮助她放松下来。我爱吃土豆泥，尽管我家的土豆泥总是有一股矛盾与冲突的味道。

那天下午，我闻到从厨房飘过来的味道，于是便过去看又出了什么事。妈妈没注意到我，只是静静地流着眼泪。那一刻，只要能让她笑起来，让我做什么我都愿意，可是我却不知道怎么做才能让她开心。

从那时起，我每天晚上都能听到她的哭泣声。我常常会半夜醒来。小的时候，我睡得特别香，可是从十三岁起，我开始做一个古怪的噩梦。梦境中，我意识到自己是在一个城堡里。我走在一条潮湿阴暗的走廊中，走廊尽头的火焰闪烁着忽明忽暗的光。我朝着火光走去，黑暗中回响着我的脚步声，这使我注意到自己正穿着铁做的靴子。我应该是一个佩带着武器的士兵，要去营救那个在走廊尽头哭泣的人。那是个女人，她的声音很动听，但却无比悲伤。我朝着声音的方向走了很久，每走一步，走廊仿佛都在变长。终于，我走进了一个四周都是红墙的房间。在梦中，我看不到那个哭泣的女人，可我知道她就在那儿。我走向了其中一面墙，我被那片猩红色惊呆了。每到这时，我都会从梦中醒来，惊恐万分。

我打开灯,看了看书桌上方的地图和我唯一一只偶尔抱着睡觉的毛绒玩具。要是十三岁的时候还有人说我是小孩儿,我一定会特别生气,因为我觉得自己已经是个男子汉了。我很喜欢我的毛绒兔子,可是我不用抱着它睡觉,我能保护自己,就连做那个猩红色噩梦的时候,我都没有把它抱到床上。毛绒兔子就在角落看着我,两只眼睛一高一低,我并没有寻求它的帮助,可是我很长时间都无法再次入睡。

晚上做噩梦的时候,我总是觉得口渴。要是我把妈妈放在我床头的水都喝完了,我就不敢再去厨房倒水,我会觉得那儿好像就是梦中那个猩红色的房间。

这时,我会看看地图上不同的国家来分散一下注意力。我最喜欢的是被涂成泡泡糖颜色的澳大利亚,我最喜欢的三种动物也都是澳大利亚的:考拉、袋鼠和鸭嘴兽。

考拉抱着树的样子最可爱了。我会像考拉抱着树那样紧紧地抱着枕头,直到我开着灯再次进入梦乡。

我做这样的噩梦可能跟我正在长个儿有关系。我学校的朋友们都喜欢幽灵和吸血鬼的故事,我却不喜欢,可老是做噩梦。

一天晚上，我醒来的时候比平常更加惊恐。我打开灯看了看我的手，害怕上面会有血迹，还好，手上只有我从学校回来时就有的墨水印子。我看着地图，还没来得及想象远方的国家，就听到了从走廊那头传来的啜泣声，是妈妈的声音。

这次我壮着胆离开房间，光脚走进了爸爸妈妈的卧室，她的忧伤比我的噩梦更要紧。

他们分床睡。房间的窗帘是拉开的，月光照进房间，洒在靠窗的那张床上，那是爸爸的床。我一生中见过许多床，可没有一张曾在我内心翻起那么大的波澜：爸爸不在床上。

妈妈正闭着眼睛哭泣，所以没发现我。我走到爸爸的床前，拉开被子钻了进去。我闻到一股混合着皮革和乳液的香味，然后立刻就睡着了。那一晚是我睡得最香的一次。

第二天，妈妈看到我睡在那儿很不高兴，我告诉她我是梦游走到那儿的，自己并不知道。

"怎么摊上个梦游的儿子。"妈妈说。

去学校的路上，妹妹卡门因为梦游的事笑话我，还问我能不能教她怎么梦游。卡门那年十岁，我说什么她都相信。

我告诉她我是一个秘密组织的成员，我们晚上聚会，不用从梦中醒来就能在大街上游荡。

"这个组织叫什么名字？"卡门问。

"影子俱乐部。"我随口说了一个名字。

"我能参加吗？"

"你先得通过各种考核，这可不容易。"我回答说。

卡门让我晚上叫醒她，带她一起去影子俱乐部。我向她保证一定会叫她，可是我当然不会那么做。

妈妈开始为我梦游的事情担心，她给她的朋友露丝打了个电话。"二战"的时候，露丝住在德国，见多了比一个梦游的小孩儿更让人毛骨悚然的事情。妈妈听露丝讲了好些比她自己遇到的麻烦糟糕太多的故事，感到了一丝宽慰。我们的生活并不完美，但至少没有身在战乱之中。

我放学回家的时候，妈妈正在跟露丝打电话。可是，家里又有了土豆泥的味道。这次，朋友的苦难也没能让她平静下来。

我把书包放在卧室，去厕所洗了手（那讨厌的墨水印子还没洗掉），然后便顺着象征着麻烦的味道走进厨房。

我在厨房门前停了下来,看到妈妈正静静地哭泣,于是我问出了那个困扰我很久的问题:"爸爸呢?"

妈妈含着泪水看着我,露出了微笑,就好像我是一道美丽而残缺的风景。

"我有事要跟你说。"她回答。可是她什么都没说,继续捣着土豆,然后点上了一根烟,慌乱地吸了两口,烟灰飘进了食物里。

我像一座雕塑一样站在那里,直到她开口说:"你爸爸得搬出去一段时间,他租了一间小套房。他的工作太忙了,我们会吵到他。把现在这些工作做完后,他还得去巴黎建一座桥。"

我隐约意识到,爸爸再也不会回到那张月光下的床上了。

妈妈蹲下来抱住了我,她从来没有这样抱过我。

"你不会有事的,小胡安。"她告诉我。

每次她叫我小胡安的时候,总会发生糟糕的事情。这不是一个昵称,这是个象征着危机的名字,就像我家的土豆泥一样。

我并不担心我会出什么事,我担心的是她。我想让她笑起来,就像她到学校接我时那样微笑,她可是所有妈妈中最漂亮的。

"别担心,"我对她说,"我会在你身边的。"

这应该是我能对她说的最糟糕的一句话了。她紧紧地抱着我,放声大哭了好长时间,灶台上混入了烟灰的土豆泥都煳了。

妹妹上完钢琴课回到家,看到我们在吃比萨。对她来说,这顿饭充满了欢乐,因为妈妈没什么胃口,她可以想吃多少就吃多少。

"我有事要告诉你们俩,"妈妈一字一句地说,"爸爸去旅行了。"

妹妹很高兴,她以为爸爸会给她带回一只毛绒玩具作纪念品。

看到她这么高兴我很难过,因为她并不知道真相。如果可以,我愿意拼尽一切让她永远也不会发现。

那时,离婚还不常见,我朋友的爸爸妈妈都没有离婚的。但是我知道这是有可能发生的。我看过一部很好笑的电影,讲的是一个小男孩儿有两个家，而他总能从两个家庭中得到他想要的一切。

我的爸爸妈妈不吵架，可是从他们说话的方式就能看出，他们并不相爱。他们从不牵手，也不亲吻对方。

一天下午，我在翻看爸爸桌上的文件的时候，在一本书中发现了一个信封，信封上画满了漂亮的画儿：粉红色的旋涡、蓝色的星星、绿色的闪电，看起来就像是摇滚唱片的封面。

信封里装着一张信纸，是爸爸的女朋友写的，她很爱他，想跟他一起去巴黎。我感到胃里一阵翻滚，然后把信交给了妈妈。

这是土豆泥烧煳之前两个月的事情。有时候，我觉得妈妈之所以难过全是因为我，都怪我把那封该死的信交给了妈妈。

"你会离婚吗？"趁卡门不在的时候，我问妈妈。

我不想像电影中的男孩儿那样有两个家。但实际上，我也不想看到爸爸，我只希望时间倒流到妈妈还开心的时候，仅此而已。

"我也不知道接下来会发生什么。但是最重要的是你要知道,爸爸很爱你。"

可我不在乎他爱不爱我,我想要他爱妈妈。我回到房间,立了一个很重要的誓言。我把地图取下来,对着澳大利亚发誓,我们家会快乐起来,即使这需要我做出很大的努力才能实现。

那天晚上,我没做噩梦,可是还是无法入睡。

我走到爸爸妈妈曾经的房间。现在那儿有一张多余的床,至少我认为那一张床是多余的。我正要躺下来的时候,发现卡门已经抢先一步睡在床上了。她看起来还是那么快乐而满足的样子,也许她正梦到自己加入了影子俱乐部吧。

第二章 补铁口服液

妈妈开始把烟头丢得到处都是,很多根烟都没有吸完。她开始变得神经质,不停地打电话。烟灰缸里吸了一半的烟堆成了山,家里每时每刻都烟雾缭绕,好像我们住在一个印第安部落里一样。

所有的东西闻起来都是一股烟味和土豆泥味。爸妈分居的那一周,我们周一到周六吃的都是肉丸和土豆泥。星期天,妈妈把我们送去了她的朋友露丝家,她给我们做了美味的德国香肠,还加入了我从来没见过的肉蔻。

妈妈很晚才来接我们,卡门已经抱着她的毛绒海狸睡着了。我也困得不行了,可还是听到了妈妈和她朋友的对话。

"最难的是暑假。"妈妈说,"我真不知道应该把他们怎么办。"

"他们"指的是我和卡门。

"总会想出办法的。"露丝说,"我可以照顾皮塔。"

皮塔是我们的狗,一只黑白相间的马尔济斯犬。我很吃惊露丝提出的是照顾我们家的狗而不是我们,可同时我也松了一口气。

我们为什么不能在家里过暑假呢?离放假还有两个星期,学校就什么也不教了,老师也不再忙忙碌碌了,他给我们每人一张纸,让我们想画什么就画什么,一画就是几个小时。然后又让我们花很长的时间唱歌,就算唱错了也不要紧。这就好像我们真正的课其实已经结束了,不过还得在学校再待上几天,直到夏天正式开始,迎接我们所说的"长假"。

人生中最美好的时光莫过于放假的头几天,那时,照进卧室的阳光都与寻常不同:灵动的、有着蜂蜜一样颜色的阳光温暖了窗帘,宣告接下来的两个月都不用去上学。假期的第一天一切都有可能,仿佛阳光从澳大利亚和那儿的红色沙漠一直照到了身边。

要是你一年没吃你最爱的食物（巧克力、意大利面或烤鸡之类的），然后突然再次吃到，一定会觉得比以前更好吃。假期的第一天就是这样。

我最好的朋友巴布洛住在离我们只隔了两条街的地方。我们已经设计好了夏天的各种游戏，甚至包括溜进一座废弃的房子（房子的窗户都破了，里面住了许多只野猫）。这将是我人生中最快乐的一个夏天。可是妈妈却有别的计划。

一天，我跟巴布洛玩耍后回到家，发现走廊上堆满了纸箱子。

"这是你爸爸的东西。"妈妈解释道。

我看到箱子里装着许多书。爸爸是学工程的，他写了一本名字很奇怪的书，叫作《竖旋桥》，他跟我解释过一次，这种桥的两边可以吊起来，这样河上的船就能通行了。

我以为他会来拿他的东西，可是很快来了两个搬运工，一眨眼的工夫就把所有东西都搬走了。

"你爸爸从巴黎回来之前，这些东西会放在储藏室。"

"他不是要租一间套房吗？"

"他要去巴黎建一座桥。"

也许他真的要去巴黎建一座桥，可也许他只是去跟给他写信的女朋友见面。我很喜欢她在信封上画的画儿，却很反感爸爸要跟她一起去巴黎的事情。

我也很反感爸爸要去那儿造桥。那一定是一座两边可以升起来让船通过的桥，这是爸爸最擅长的。可我更喜欢连接着两岸，不会分开的桥。

不过，我一点儿都不介意那些无聊的书被搬出去。

妈妈吃了治头痛的蓝色药片。后来我们才知道她不是普通的头痛，而是一种更严重的叫偏头痛的病。

她还有胃炎，却喜欢喝橙汁。妈妈是那么漂亮，喝果汁的时候都那么好看，虽然她的表情看起来像在喝碎玻璃，仿佛玻璃碴子正在身体里面划割着她。

她每天都让我去药店给她买治胃疼的药或者治偏头痛的药。

外婆告诉她："都是因为抽烟。所有的毛病都是抽烟造成的。"

可妈妈就是戒不掉，尤其是现在她麻烦缠身的时候。每当外婆告诉她吸烟多么有害的时候，妈妈就像狙击手正在瞄准射击那样眯上一只眼睛，熟练地划上一根火柴，点上烟，狠狠地吸一口，然后像个印第安人一样跟我们说话，她嘴里吐出的烟圈似乎在说："我想干吗就干吗。"

一天晚上，我梦到自己跟着一只白猫进入了一座废弃的房子，里面到处都是用家具点燃的篝火。我到了客厅，一张很大的桌子正在燃烧，爸爸坐在沙发上看着报纸。突然报纸也着火了，他却一动不动地看着火焰，就像在看一篇普通的新闻一样。就在火快烧到他的手的时候，我醒了过来。

我愤怒极了，觉得爸爸宁可住在家具和报纸都着火的破房子里，也不愿跟我们一起住。我十分生他的气，捶打着我的枕头，直到捶不动为止。然后，我想象自己是一只考拉，像抱着树干那样抱着我的枕头。我哭了，哭得枕头套都湿了。可能由于这个原因，接着，我梦到澳大利亚的森林里在下雨，而我则是森林里一只快乐的考拉。

我喜欢睡在刚换过床单的床上，有一种清新美妙的感觉。

由于爸爸离开后我们有各种问题要处理，我的床单已经好多天没换了。刚开始我并没有注意到，可是一天晚上，我突然开始好奇我们的床单是不是再也不会有肥皂泡的味道了。

卡门也注意到了，于是她在床单上洒了几滴洗发水，这样闻起来就像刚洗过一样。

妈妈为了不让人看出她哭过，戴着颜色很深的墨镜。她看起来就像是黑社会的人，特别是她用围巾包住头，嘴里还叼根烟的时候。可是她还是很好看，黑社会的女人也有漂亮的。

离放假只有两天的时候，她又一次告诉我们："我有话要跟你们说。"

我们到了厨房，她正在切一个蜜瓜。最近她总是心不在焉，不管做什么都会伤到自己，每次做饭都需要翻出医药箱，因为不是伤着这儿就是伤着那儿。她会用酒精擦拭伤口，所以我们的晚饭会有股药房的味道。

她跟我们说话的时候，我很怕她会切到手指，好在她放下了刀，说道："皮塔会在露丝家过暑假。"

她的语气听起来就像是家里的狗去别的地方过暑假再正常不过了一样。

"那我们呢？"卡门问。

这个问题很难回答，妈妈一字一顿地说："贝穆德斯家的人都很喜欢你。"仿佛说出的每个字都是从她嘴里挤出来的一样。

莱拉·贝穆德斯是妹妹最好的朋友，卡门对这个安排也十分满意。即便是在最糟糕的情况下，她也总能找到乐趣。要是她在一艘即将沉没的船上，她也会觉得爬上充气救生艇是一次有趣的冒险。

既然妹妹可以住在她最好的朋友那儿，我自然以为我会被送去巴布洛家。可是妈妈接着说："你就去提托舅舅那儿。"

"为什么？"

"他叫你去的。"

"我宁愿去巴布洛家，或者外婆家。"

"巴布洛有四个兄弟姐妹，没地方给你住。外婆嘛，她太老了，照顾不了别人。"

"那我也宁愿去其他人那儿。"

"为什么？"

"提托舅舅鼻孔里的白毛都长出来了。"我一时只能想到这个理由。

这是真的，提托舅舅会刮耳朵，因为他的耳朵上也长着白色的毛，可是他却从不修剪鼻子里长出来的白毛。

"你舅舅很爱你。"妈妈说。

这也是真的，每次我见到他，他都会从他家成千上万的书中找出一个故事讲给我听。他特别擅长讲龙的传奇、中世纪的剑和未来的火箭飞船。可是我不想跟他一起住，他的房子那么暗，又全是布满灰尘的书，有什么意思呢？

提托舅舅没有孩子，他是妈妈的表哥，一直一个人住，只与他那极为壮观的图书馆做伴。他为什么要我跟他一起住呢？他人很好，可是我并不想经常见到他。

"他有很多特别有意思的书。"妈妈补充道。

"可是他没有电视。"

我最喜欢的就是吃烤鸡和看电视。我对书并没有太大的兴趣，特别是工程方面的书。

我们没有争论下去，因为她又有点儿神经紧绷了，切开一片瓜的时候，一滴血滴到了桌子上。

"我连切瓜都切不好。"她崩溃地说。

我告诉她事实并不是她说的那样，这栋楼里没有谁切瓜切得跟她一样好。后来我们就没再讨论我应该在哪儿过暑假了。

第二天，我告诉自己，妈妈这么爱我，一定不会把我送去提托舅舅家，这一定不是真的。

皮塔去露丝家学那些奇奇怪怪的德文指令，卡门去莱拉·贝穆德斯家，而我应该留在妈妈身边，我认为这样才合理。她需要我，这一点我敢肯定。

学期最后一天，妈妈忘了来接我们。她常常晚到，我和妹妹总是最后几个被接走的孩子，可这次她完全把我们忘了。学校的清洁工急着要关大门，他也要放暑假了。

我背着卡门和我自己的书包，告诉她我们可以走回去。我认得路，可从来没走过。我们走了两个小时才到家。

妈妈究竟为什么忘了来接我们？她死了吗？是晕倒了，

还是偏头痛又犯了，吃什么药都没有用？

我们敲了敲家门，我告诉自己："要是她过十五秒还不开门，那她一定是死了。"

三秒钟后门就开了。妈妈很惊讶地望着我们，就好像我们是从梦中走出来的一样，这时她才意识到自己忘了去接我们。

"天哪！"她说，"现在几点了？我最近什么都记不住！"她不停地求我们原谅她。

"我在打包你们的行李，然后就忘了时间。"她解释道。

卡门的行李已经收拾好了，还有一篮子她最喜欢的毛绒玩具。

"小胡安不在这里。"妹妹说，然后她去拿那个跟我名字一样的毛绒小动物（为了让我同意带她去影子俱乐部，她给那个玩具起了这个名字）。

直到这个时候，我还以为卡门会去别的地方，而我会留在家。妈妈一定舍不得我离开。

"我现在接着收拾你的行李。"妈妈说着，走进了我的房间。

我慢慢地跟着她走了进去。

我看到她跪在我的床前，叠好衣服，然后小心翼翼地放进箱子里。

"她这么做就是为了让我相信要送我走，可我不会上当的。"我心想。

她把东西一样样放进箱子里，最后拿起一个小小的、深色的东西。那是一个很小的瓶子，里面是医生给我开的补铁口服液。每天早上，我都要喝一勺这种黑色的糖浆，味道特别恶心，可是儿科医生说，"铁元素有助于生长发育"，就好像我是一座正在建造的桥。我讨厌这种其他人都说对我身体有好处的药。

当她把补铁口服液的药瓶放进箱子的时候，我才知道这一切都是真的：我要离开家，去提托舅舅那儿待整整两个月。妈妈把药瓶这种不起眼儿的小东西都放进了我的行李箱，说明她是认真的。

那是我第一次意识到，某些细节能让一个故事变成现实。当药瓶被放进我的箱子时，一切都变得真实了。我必须面对这个现实：我要去一座我几乎一无所知的房子。

可那时我还不知道，我将迎来自己人生中最精彩的冒险。

第三章　提托舅舅

舅舅住在老城区，那附近很多老建筑都被拆了，盖了新楼，剩下的老房子大都摇摇欲坠。有的住户把自家的阳台紧紧地绑在墙上，以免掉下来把路过的行人砸得脑袋开花。

我舅舅埃里斯托就住在这个全是快倒塌的楼房的"市中心"，家里人叫他提托，邮递员叫他提托先生——这个邮递员把提托舅舅从世界各地订购的书都送到他家。

舅舅跟三只猫住在一起：一只叫黑曜石的黑猫，一只叫象牙的白猫，还有一只它们生的白毛黑点儿的小猫，也是我最喜欢的，叫多米诺。

舅舅一个人跟他的书和猫住了五十八年后，突然决定结婚了，这让大家都感到十分吃惊。

　　他的婚姻只维持了一年，我只记得那个女人戴着圆眼镜，而且常常因为书上的灰尘打喷嚏。那个女人有一天受不了了，对舅舅说："我们不能再住在这迷宫一样的地方了，我对旧书过敏。"舅舅妥协了，他把书留在了图书馆，跟太太一起住进了一套小公寓。可是没有那些书的日子，舅舅十分难过，于是他决定离开妻子，回到书的身边。

　　因此，我十分吃惊自己会被送去他家。舅舅很享受一个人的生活，他从来不开派对，甚至连普通的朋友聚餐也没有，除了他的猫以外，他不需要其他陪伴。为什么他会想让我去他家？这太奇怪了。

　　我的箱子里只带了一本书：《蜘蛛全书》。这本书我已经看过了，我带上它正是因为这个原因，我喜欢重读已经看过的书，而不愿冒险看一本新的。

　　到了提托舅舅家，我发现他家的门环很有趣，是一个狮子头咬着一个半月形的金属环。

舅舅家隔壁的房子正在修补房顶，所以噪声很大，我们用狮子头门环叩门的声音几乎听不见。妈妈让我用脚踢门，可我穿的是胶鞋，所以踢门的声音也没法儿盖过施工的噪声。我真希望舅舅不来开门，这样我就能跟妈妈回家了。可就在这时，门开了。

"你们等很久了吗？"舅舅问，"从里面完全听不见外面的声音。"

的确，大门一关，屋里就十分安静，静得仿佛我们在海底一样。

"我安装了特殊的隔音层，只有这样我才能专心看书。"提托舅舅盯着我，盯得眼珠子都要掉出来了。

我本想告诉他，"别这样看着我，我又不是你的书"，可是我没敢说。

屋里到处都是堆到天花板那么高的书架和书。

"到客厅来吧。"舅舅说。

所谓的客厅就是一个稍稍不那么拥挤的房间。墙上都是书，但椅子上没有。我们坐在一张桌子前，桌上铺着一张地图当桌布，澳大利亚就在我面前，我没忍住提了一句："这是我最喜欢的国家。"

"非常棒的选择，亲爱的外甥。"舅舅评论道，"那个拥有红色沙漠的国家没有太多文化和历史，可是却住着最神奇的动物——鸭嘴兽，它们是生物学的集大成者，是一部百科全书。鸭嘴兽可以是鸭子、海狸或者旱獭。它们的秘诀是为了做自己而伪装成别的动物。真是太棒的演员了！"

他说的话我一句也没听懂。舅舅是从我上次见到他后变疯了吗？

接着，他兴奋地说："还有，澳大利亚有最好的海浪，这么说不是因为海浪的形状，而是因为在海里洗澡的澳大利亚女人。我家某个地方有本日历，上面印着穿比基尼的澳大利亚女人。"

妈妈担忧地看着舅舅，牵起了我的手。她好像有些后悔带我来这儿，而舅舅的奇怪举动却引起了我的兴趣。

"你们想喝杯熏茶吗？"他问，然后，还没等我们回答，就自顾自地走出了房间。

"你在这儿没问题吧？"妈妈抚摸着我的头发，伤心地看着我。

她曾告诉我，她需要一个人待几周，再找一套小点儿的公寓，因为现在我们只有三个人了。我不想给她添更多的烦恼，没告诉她我觉得舅舅好像快疯了。舅舅很有趣，可也确实是疯疯癫癫的。

在房间的一角，我看见了一个三角形的银色蜘蛛网，跟我那本《蜘蛛全书》里的一幅插画一模一样。

"我很喜欢这座房子。"我回答道。

"要是想我了就给我打电话。"

这可不那么容易。对我舅舅来说，电话就是现代社会的一个错误。他讨厌电话铃声打扰他阅读。"除了我的思绪以外，我不想再听到别的声音。"每次有人问他为什么没有装电话，他都这样说。

"街对面的药房有付费电话。"妈妈补充说，"拿着。"她给了我一个装满硬币的小袋子，用来付打电话的钱。

舅舅端着冒着热气的茶壶回来了。

"那些海上的远航真是没有白费啊。"他说，"多亏那些勇敢的水手到达了印度、斯里兰卡那么远的地方，也多亏船长有爱喝茶的好习惯，今天我们才能把这些叶子泡在热水里。

闻闻看，怎么样，你们想喝点儿熏茶吗？"

还没等我们回答，舅舅就开始给我们倒茶。这茶闻起来有股烟味。

"正山小种，就是这种醇香的茶。"

"小孩儿能喝吗？"

"我觉得胡安已经不是小孩儿了。"舅舅纠正说。这让我对他的好感又多了一点儿。

我们喝着这种神秘的茶，直到妈妈提出要单独跟提托舅舅谈谈。

舅舅提议，在他们谈话的时候，我先在房子里转转。他给了我一个铃铛，告诉我："要是你迷路了就摇铃，我就来找你。"

在一座房子里怎么会迷路呢？但很快我就发现，这是完全可能发生的。

我沿着一条两边都是书架的走廊，走进了第一个房间。这个房间有两层楼那么高，墙与墙之间全是书，半空中还有一个平台，站在梯子上才够得着放在第二层的书。

我又逛到了另外一间屋子，除了书什么都没看到。突然，多米诺从架子上跳下来，溜进了一扇虚掩着的门。我跟着它来到了一条昏暗的走廊，在墙上摸索着灯的开关，却只摸到了一些书的皮质封面。我突然被地上的书绊了一下，正好碰到了一个小小的开关。这时，脚下的一道暗门突然打开了，我掉进了一个滑梯，一直滑到堆成山的床单上，身边还有几本书。好在我没把铃铛弄丢，我拼命地摇着铃铛，直到舅舅出现在我面前。

"你在洗衣房做什么，外甥？"他吃惊地问我。

"我是从上面掉下来的。"

"你会习惯这儿的。这儿有很多暗道，但都很实用。现在你已经知道脏衣服该放哪儿了。"

"这儿还有些书。"

"这些书需要擦干熨平，有时候我会把茶洒在书上。"

我们回到客厅的时候，妈妈看起来很平静，看来她跟舅舅的谈话很有效果。

"你已经知道铃铛多有用了吧。"提托舅舅说，"不要弄丢了，你最好把它牢牢系在身上。我有一本专门讲打结的书，里面有一种叫玛格丽塔结，一旦系上，连上帝也解不开。"

妈妈跟我道别的时候不停地拥抱亲吻我。我闻了闻她的头发，那是世界上最好闻的味道。

她提醒我记得常常去街对面的药房给她打电话。

妈妈走后，舅舅说："我建议我们先试试大侦探福尔摩斯了解一个人的方法，先来说一说自己的缺点。外甥，你最大的缺点是什么？"

"我不知道。"

"想要跟一个人一起住，你首先得知道他会给你制造什么麻烦，没有人是完美的，但只要是能互相接受，就能相处得很好。"

"我想不到有什么。"

"你是不是有点儿自恋啊？我们都有缺点，这很正常，那我先开始吧。"他停了一下，喝了一口茶，然后就开始列举他的缺点，"第一，我睡觉打呼噜，不过这不要紧，因为你有自己的房间；第二，我看书的时候不喜欢别人跟我说话；第三，我受不了别人唱歌；第四，我常为不重要的小事生气，但气很快就消了；第五，我特别不擅长算数，会把别人的零钱当成是自己的……"

最后一条让我有点儿担心妈妈留给我打电话的那一袋硬币,我得把它好好藏起来。

"现在该你了。"舅舅坚持让我说。

"有时候我晚上做噩梦会大叫,"我答道,"腿还会抽筋;我不太爱整洁,会把衣服丢到地上;我洗手洗不干净,有时候手上黏糊糊的;我想问题的时候会走神儿,别人跟我讲话的时候我不太注意听;我还笨手笨脚的,常常打碎东西……"

我从没想到我有这么多缺点,一旦说出来感觉还挺好的。

"这些我都能接受。"舅舅善解人意地说,"你呢?你能接受我的缺点吗?"

"我能。"

"太好了。这样就会拉近我们的距离。"

舅舅抱了抱我,可拥抱的时候他打翻了他的那杯茶,茶水洒在了他的裤子上。

"该死!"他愤怒地叫道,然后看着我说,"看到了吧?我会为这样无关紧要的小事发火,可一眨眼的工夫也就忘了。要紧的问题会引起我的注意,可不会让我担忧。我读了很多书,所以才能这样处理问题。优秀的作家让我懂得,大问题是很有意思的。"

"你喜欢蜘蛛吗,舅舅?"我问。

"你怎么问这个?"

我指了指墙角的三角形蜘蛛网。

"在这座房子里生活着无害的蜘蛛,保护我们不被蚊子烦扰。你有没有体会过,看书的时候蚊子在你耳边嗡嗡乱叫?我太讨厌蚊子了,那简直就是一曲绝望的交响乐,嗡嗡嗡地叫个不停,让你完全不能思考。可蜘蛛却是无声的朋友,它们能把蚊子消灭得干干净净。"

"我带了一本书,叫《蜘蛛全书》。"我说道。

"这是个研究无害生物的好地方。"

提托舅舅把一只手搭在我的肩上,接着说:"你会在这儿度过一段愉快的时光,外甥。"然后他深深地吸了一口气,就像马上要跳入水中的游泳运动员一样,"我们会一起度过一段愉快的时光。这座房子需要一个年轻的头脑。欢迎你带着你的智慧来到我家。"

我在这座书籍迷宫中的时光,就这样拉开了序幕。

第四章　会移动的书

提托舅舅让我住进了一个很舒适的房间,从窗口望出去还看得到小花园。早上我能听到鸟鸣声,觉得自己仿佛身在乡间。我睡得很好,没抽筋,也没梦到那个可怕的猩红色房间。

八点左右,我听到楼下传来的声音,打算下去吃早饭。我饿得能吃下五个小面包,提托舅舅会让我吃那么多吗?妈妈说我吃了太多果酱三明治,肚子吃得圆鼓鼓的。

我带上放在床头柜上的小铃铛,穿过走廊,循着餐厅里传来的盘子碰撞的声音走过去。

我来到了一个房间,看到一个十分肥胖的女人背对着我。

"早上好!"我对她说。

"啊，我的天哪！"她惊呼道，手里的盘子掉到了木地板上，摔碎了，"你是谁啊？"她问，"你是幽灵吗？不对，幽灵是不会穿拖鞋的。"说着，她用她那比香肠还粗的手指，指了指我的拖鞋。

"我是胡安，提托的外甥。"

"我叫欧弗西娅，提托先生没告诉我你来了，他每天都云里雾里的，总是看书看到痴迷，他就是个大迷糊。你早饭想吃什么，荷马鸡蛋饼、阿里斯托芬粥、缪斯燕麦片，还是伊莎贝拉三明治？"

每一样听起来都很奇怪，我问她荷马鸡蛋饼是什么。

"用最新鲜的鸡蛋摊个饼，加上一点儿希腊奶酪，最后再滴几滴橄榄油。是我闭着眼睛做的。"

我开始流口水了。

早饭是在厨房里吃的，因为餐厅的椅子上都堆满了书。鸡蛋饼比她描述的更美味，我决定每天都吃一个。一旦我喜欢上一样东西，就会一直喜欢，从不厌烦。妈妈觉得只点同一种比萨很不可理喻，可既然我最喜欢香肠比萨，那为什么要点别的呢？

"你为什么要闭着眼睛做鸡蛋饼呢？"我问欧弗西娅。

"提托先生告诉我这是荷马发明的，他是个失明的天才。我们闭上眼睛是为了向他致敬。你知道你舅舅的爸爸也是个盲人吗？"

我不知道，也可能是不记得了。我们没有接着聊下去，因为我身后响起了一个声音："你起得真早，小伙子。"

舅舅戴着睡帽，往盛汤的碗里倒上茶，然后咕噜咕噜地喝了起来。

"我忘了告诉你我还有个缺点：我不能安静地吃饭，因为我咀嚼的声音很响，要是不发出声音，我就感觉跟没吃一样。看书需要安静，可吃东西需要有声响，哪怕只有一点儿声音也行。你见过欧弗西娅了吧？她帮我们做饭、洗衣服，还是一个清理碎屑的时候能不碰到蜘蛛网的专家。"

"认识你很高兴。"这个女人友好地对我说，就好像这是她第一次看到我一样。

"欧弗西娅不住在这儿，"提托舅舅解释道，"鸟儿早上开始叫的时候她就来了，天黑了就回家。到了晚上只有你、我和上百万本书。"

"真有那么多吗？"我问。

"事实上我从来都没数过，书很不好数，你在这个书架上找一本书，却会在另一个书架上找到它。有时候你好几年都找不到一本书，突然有一天它就出现在你眼皮底下。刚开始我以为是欧弗西娅打扫的时候挪了书的位置，然后我又以为是自己不注意，把书放到别的地方了——每个人都知道，我的注意力很难集中——我最后得出结论，是书自己移动位置的——它们会主动来找你，或是主动避开你。"舅舅喝了口茶，接着说，"你肯定觉得这个说法太荒谬，可我亲眼见证了好几次。我给你举个例子，看看你能不能明白。没有哪个科学家知道为什么有的袜子会凭空消失。你把一双袜子放进洗衣机，可洗完就只剩一只了，另一只就消失了。肯定不可能是被偷了，谁能只穿一只袜子呢？书也一样，你把很多书放在一起的时候，它们是很难一动不动地待在一个地方的。它们有自己的打算，有时候它们想被阅读，有时候不想。"

我想让舅舅接着说下去，可他模样奇怪地撇了撇嘴，说："我得去一趟洗手间，茶太利尿了。"

"利尿是什么意思？"

"就是让你很想尿尿。明明你只喝了一杯茶，却能尿一大池，这就说明你喝的东西很利尿。"

于是我又知道了舅舅的一个习惯：所有的对话都很短，因为他过一小会儿就会急着上厕所。

他回来时，我问他："难道不是因为你喝了太多茶吗？"

"当然不是！茶又醒脑又清肾，让你尿尿是好事，难道你不喜欢一下尿很长时间吗？我有一次尿了三分钟，是用秒表计的时间。"

"我想要尿尿的时候才会喜欢尿尿。"我说。

"很合理的回答，虽然有点儿缺乏激情。有时候夸张也很重要，外甥。我们得让生活有更多种可能性，尿三分钟可比尿十秒更有意思。"

然后提托舅舅带我参观了他巨大的图书馆的一部分。我们在房子里逛的时候，黑曜石和象牙远远地跟着我们，多米诺则爬到书架上，偶尔打翻一本书，也许是它让这里的书改变了位置吧。

舅舅在这些大得难以计量面积的房间里毫不费力地穿来

穿去，我们从一间走到另一间，有时候又突然发现自己走进了带有玻璃顶棚的小天井。书不仅堆满了靠墙的架子，而且在每个房间都搭出了迷宫，这让在屋里走动变得更加困难了。从房间的一面墙，你根本看不到对面的墙——因为中间挡着太多的书。

图书馆按照一个奇怪的体系分为不同的区域。每个区域都贴有写着红字的标志，告诉你这部分书的内容，但分类都很随意。那是我第一次探索这个图书馆，我在笔记本上记下了几个分类名："好吃却很臭的奶酪""小型犬""孟加拉虎""古代地图""祖母的牙齿""刀、剑、矛""愚蠢的原子""无声的机械""橙汁""长得像老鼠的东西""黑色的书""如何走出迷宫""果酱不是钱""食肉花""渔民和他的鱼钩""航空事故""不能返航的火箭""从未出发的探险者""安静的意义""袭击足球""一千零一种意大利面酱"，还有"不当总统也能统治"。

听起来像是一些奇奇怪怪的书名，可其实是书的种类，这些标志用非常奇怪的方式把不同的书分门别类，比如"从未出发的探险者"这一类就有七十二本与这个奇怪的话题相关的书。

看来我的舅舅有各种题材的书,于是我问他买没买过跟考拉相关的书。

"那些书应该在跟熊有关的那个区。"他回答道,"我不知道有多少本,一旦到了五百本我就不接着数了。"

"你都看了吗?"

"当然没有。图书馆的书不是为了全部都看完,而是为了查询。这儿有些书只是为了以防万一,我一生都在读书,但还是对很多事情一无所知。最重要的不是把什么都记在脑子里,而是知道去哪儿寻找答案。智者与愚人的区别就在于,愚人只关心他已知的,而智者会找寻还未知的。"

那天下午,有人来敲门。舅舅需要付包裹的运费,但却被加减法给搞糊涂了。他突然对我说:"你帮我想想,外甥,一百减五十八是多少?"

"四十二。"

"好主意!"

"这不是主意,舅舅,这是计算结果。"

"对不起,我有点儿迷糊。"

舅舅收到的包裹让他十分紧张。

"我神经紧张的时候就会忘记小时候学的东西。"他说。

"你为什么紧张？"

"你不知道买到这本书有多难！"

我们来到厨房，他拿出一把刀，割断包装绳，撕开棕色的包装纸，里面是一本很旧的用深蓝色封皮包着的书，看起来就像是用鲸鱼皮包起来的一样。舅舅打开书，是用我看不懂的语言写的。

"这本书的内容是什么？"我问。

"其实没有什么内容，我要用它来寻找别的书，也可以说这是一本用来探索的书。"

"我不明白。"

"我先去趟厕所，再泡一壶熏茶，然后给你解释。"舅舅说。

他上完厕所、泡完茶以后，把一只手放在那本蓝皮书上，解释道："几个世纪以前，有人发明了一种跟书有关的科学。"

"是用来寻找遗失的书的科学吗？"

"从某种程度上来说，是的，我亲爱的小侦探，可又不完全是。"

"那是什么？"

"是用来理解书的行为和去向的科学。没有什么比书更有个性。图书馆是灵魂的聚集处，外甥，书就像墓地里的灵魂一样在不停移动着，靠近一个人或远离他。"

"你的图书馆里有鬼魂？"

"别急，外甥。在过去的这么多年中，我认识到每本书都是有灵性的，这种灵性让它会去寻找自己的读者，它最喜欢、最理想、最纯粹的读者。"他的眼里闪烁着喜悦的光。

我看着舅舅鼻孔里长出来的鼻毛和掉在背上乱七八糟的像马鬃一样的白发。他瞪大眼睛盯着我，就像在观察一只放大镜下的昆虫一样。虽然我没有说出来，但我当时真的觉得他已经疯了。

"书会自己移动？"我问他。

"我不是已经说过了吗，难道你没遇到过这样的情况：你把笔记本放在一个地方，却在另一个地方找到了它？"

"那是因为你忘了把书放在哪儿了。"

"这件事可没那么简单。我活了这么多年，当然知道书会根据自己的意志移动。问题是，它们为什么这么做？这就是这本书的内容。这本书是十五世纪时用拉丁文写的,那个时候只有为数不多的僧侣会说这种现在已经死掉的语言。"

这时,欧弗西娅端着一个香喷喷的蛋糕进来了。

"牛顿派!"舅舅兴高采烈地欢呼道,"外甥快看,派的上面是脆脆的碎饼干屑,用来纪念掉在牛顿头上的苹果,正是因为这个苹果,他才发现了万有引力。我猜你肯定知道这个,你这么聪明,算数又这么好。这个派里边是苹果,它既能帮助消化,也能证实万有引力定律。你先吃,吃完后就去上厕所。"

我没想到,一个这么爱看书的人,却像小孩儿一样拿上厕所开玩笑。提托舅舅真是有点儿疯了。

我们吃着美味的派,我这个舅舅把碎屑弄得到处都是。我从来没见过谁对吃东西这么有热情,同时吃相却那么难看。过了一会儿,欧弗西娅就拿着吸尘器进来了。

因为舅舅讨厌除了自己吃东西时发出的声音以外的一切噪声,所以他捂住了耳朵,我们就没办法接着聊天了。

跟舅舅不一样,欧弗西娅特别喜欢听不同的声音,比如她使用吸尘器的时候还能留心听到大门的门铃声。她出去看了看是谁,然后拿了一封信回来。

"快件。"她说,"是给你的!"这让我很吃惊。

每次家里收到信件的时候,我总希望有一封是给我的,可那些信都是寄给爸爸的。这是我第一次收到一封信,信封上的邮票上印着留着长发,还是个年轻士兵的拿破仑。

信封里是一张明信片,一面印着埃菲尔铁塔,一面是爸爸潦草的字迹和歪歪扭扭的签名。

明信片上写着:

亲爱的儿子:

我知道最近这段时间对你来说一定很难熬。我会永远爱你。我正在建造一座很大的桥,建完以后我就回来,我们一起去动物园,一起去看足球比赛。

我爱你

爸爸

可我既不想去动物园,也不想去看足球比赛。

我想把明信片撕了，因为上面的埃菲尔铁塔让我想起了我那难喝的补铁口服液。欧弗西娅关掉了吸尘器，好奇地盯着我看。我为自己那么生气感到很难为情，我不能像电影里的疯子一样把明信片撕掉。为了冷静下来，我让舅舅接着给我讲那些会自己移动的书。

"我正想接着说这个呢。"他兴奋地说，"书可以通过两种方式来到你的跟前：普通的方式和秘密的方式。普通的方式就是你买书，别人借给你或送给你书。秘密的方式就重要多了，在这种情况下，书会选择自己的读者。有时候两种方式会重合，你以为是你决定买哪本书，可实际上，是书自己跑到你眼前，吸引你的注意。书并不是不挑读者的，它们想被最好的人阅读，因此它们会寻找各自的读者。我们去呼吸呼吸新鲜空气吧。"

我以为我们会去房子四周的花园，可对舅舅来说，"新鲜空气"的意思是到一个书少一点儿的房间。我们来到了一个相对比较大的房间，要是只有我一个人的话，我肯定会迷路。房间里有许多图案复杂的地毯（好像缠绕的蛇）和盆栽的蕨类植物，屋顶天窗上透下来的阳光就照在这些盆栽上。

这间屋子里，只有书桌和咖啡桌上放着书。

我觉得自己好像来过这儿，所以当舅舅告诉我，我之前来过时，我并不吃惊。舅舅说："十多年前，你还不到两岁的时候，你爸妈要在这附近办点儿事，所以把你交给了我几个小时。你那时很乖，我当然不会说你不乖，你玩了会儿一个小消防车就睡着了，后来你爸妈就来接你了。一切看起来都很寻常，你也知道，我这人很容易分心，过了好一会儿我才意识到发生了什么。"

"发生了什么？"

"我要去上厕所了。"

"你能憋一会儿吗，舅舅？你不能讲故事讲到这里就走了。"

"那我就大致跟你说一下。你走了之后，很多书都移动了位置。我从来都没遇到过这种事。你唤醒了图书馆里的灵魂，你有一种罕见的能力，你就是'阅读王子'。"

"阅读王子？"

"就是特别的阅读者。平常，你是我的外甥胡安，十分可爱，肚子有点儿鼓鼓的。可对书而言，你是一个王子，正

43

因如此我才需要你来这儿。好了，我得去上厕所了。"

舅舅急匆匆地离开了房间，我看了看这些蕨草，觉得真是棒极了，就像一个迷你的丛林一样。那里面是有蜘蛛吗？似乎有什么奇怪的东西。过了几分钟，舅舅回来了。

"这个图书馆需要你，外甥。"他强调道，"你不知道我费了多少功夫才说服你妈妈送你来这儿，我求了她很多年，她以为我快疯了。"他停顿了一下，仿佛在仔细思索接下来该说什么，"事实上，我也的确不太正常，可谁又希望自己太过平凡呢？那些重要的人物都有自己与众不同的地方。"

我明白了我为什么会来到这里。爸爸离开以后，妈妈需要时间来处理一些问题，于是终于答应了舅舅对我的热情邀请。

"你每次来，书都能感知到你的存在。"说着，他的眼睛里闪烁出从未有过的亮光，这让我有点儿害怕，可他接着说，"我还不知道你到底是哪种阅读王子，我们一起来寻找答案。"

"这次我来了以后，书移动过位置吗？"

"说来有点儿奇怪，这次它们都异常安静，就好像它们在酝酿着什么。我猜它们是知道你住在这儿了，因此不想贸然行动。"

"你把这些书说得好像人一样。"

"它们远远不止这么简单,它们是超人。它们能永生,并且能一直寻找自己的读者。"

我不想打破舅舅的幻想,可我也不想给他不切实际的希望,于是我说:"也许我不再能吸引这些书了。"

"这当然也是可能的。有的聪明孩子长大后会变得很笨,书就对他们没兴趣了。我当然不是说你,我觉得书正在观察你呢。"

"我喜欢阅读,可没那么狂热。"我说道,"我更喜欢看电视,骑自行车,跟我的狗皮塔和我的好朋友巴布洛玩。"

"没关系,书能感觉到你是比很多人都更好的读者。阅读王子并不是根据谁读书读得多来决定的,而是看谁能从所读的书中收获最多。"

"我真的是阅读王子吗?"

"你拥有阅读王子的一切特质。比如你的耳朵,你阅读的时候耳朵会发烫,这是精力集中的表现。"

"你怎么知道我的耳朵会发烫?"

"你看那本关于蜘蛛的书的时候,我偷偷地摸过你的耳朵。其实,我很高兴你妈妈到现在才接受我的邀请,现在你十三岁了,能更好地理解你所阅读的内容。我们看看书是否还把你当作自己人。有些人是'非持续性阅读王子',这些人天生有很强的阅读能力,可是生活把他们变成了白痴。很多蠢材小时候可都是极其聪明的。"

"还有不同种类的阅读王子是吗?"

"是的,有很多种。要是你是'持续性阅读王子',我就太高兴了。"

"这是什么?"

舅舅看上去有点儿无奈:"我外甥脑子里装的是豆腐吗?当然就是名字说的那样啊,'持续性阅读王子'就是一生都保持着阅读天赋的人。"

"还有其他种类的读者吗?"

"有,但我们先不用说太多。知道太多对你没什么好处,现在你已经足以帮我找到那本我一直没能读到的书了。"

"那本书就在这座房子里吗?"

"是的,我还把它拿在手上过,但后来又找不到了。"

"你已经看过那本书了吗?"

"没人看过那本书,这个情况很特殊。"

"连那本书的作者都没看过吗?"

"那本书似乎没有作者。我说了,这很特殊。"

"那你至少知道写的是什么内容吧?"

"我不能告诉你。"

"书的名字呢?"

"我不想告诉你。"

"为什么?我知道书名就能帮你找书了啊!"

"那样你就只能用普通的方式来寻找它。我希望你能用秘密的方式找到它。要是你配得上那本书,它就会来找你。我希望你在暑假这两个月能用这种方式来帮助我。"

第五章　药房里的药

我很惊讶我的舅舅读过这么多书,却连加减法都不会。

"听我说,"他跟我娓娓道来,"一个智慧的人并不一定什么都知道。我完全不擅长数学、体育、修理、开车和在冰箱里找酸奶,地理就更不用说了。要是把我放在非洲让我去俄罗斯,我准会走到托卢卡。我唯一能看懂的地图就是这个房子的,这对我来说就够了。"

他理解知识的方式真是奇怪,于是我问道:"你上过学吗?"

"我以前上的都是普通而又无趣的学校。直到十四岁那年,我爸爸把这个图书馆传到我手上,然后我就开始随性地阅读。我在学校里一直都不是个好学生，被逼着学习让我很绝望。"

"我也是。"我告诉他。

"当然，我对我不知道的事物也是很尊重的。在这个图书馆里，也有很多非常好可我并不感兴趣的书。比如关于军队和战争的，就让我恶心，可这些内容也是有必要研究学习的。要是有人想知道怎么佩带宝剑，或者怎么随着爆炸的气流飞出，就可以查阅图书馆的一些区域，比如'大将军''死亡策略''闪电战''俄罗斯的冬日侵略''平局的战争''失败的英雄''逃跑的胜利者'等等，还有很多我一下想不起名字的。"

"可你的数学这么差，需要做加减法的时候怎么办呢？"

"我跟欧弗西娅的手指和脚趾加起来总共是四十，这样大部分的加减法就都解决了。要是有更大的数字，我们就去街上借别人的手指用，或者请他们帮我们算。遇到特别棘手的情况，我就找一个大学的数学系主任帮忙，他是我特别好的朋友。有一次我让他帮我核对一下超市的账单，超市的菜花居然那么贵，他惊讶极了。他有个朋友也卖菜花，而且只卖超市一半的价格。他那个朋友住在一个牧场还是什么地方，是个有名的发明家……跑题了，我们刚才在说什么？"

"你说一个智慧的人不用什么都知道。"

"的确。我跟你说过，每本书都会选择自己的读者。拿我来说，从来没有一本跟数字或者化学方程式有关系的书找上我。要是让我给自己打分，那应该会是这样的：

数学：零分；

物理：两分；

化学：零分；

地理：一分，我没给自己打零分仅仅是因为我在自己的房子里很有方向感；

历史：八分；

体育：零分；

神话：十分；

语言：十分；

名人八卦：十分；

写作：七分。"

提托舅舅的知识体系十分两极化，有的领域他非常了解，可有的领域他却一无所知。

"你知道人们真正的问题是什么吗？"他把眼睛睁得像乒乓球一样又大又圆，然后凑近我的脸。

不过他没来得及告诉我，因为他又想去上厕所了。

等他回来的时候，我又得提醒他我们刚才在说什么。

"对对，人有各种各样的毛病，但有一种让我十分感兴趣：不知道怎么评估自己。裁缝可以毫不费力地测量出一个人的各种尺寸，可我们却很难测量自己的内在，我们需要一个内心的裁缝。"他把一支铅笔塞进耳朵里挠了起来，然后接着说，"如果把这些科目比作菜单上的菜，我对数学的兴趣就像对奶油胡萝卜一样，所以只配拿零分。你也看到了，我也有不那么差的学科，我知道很多神话和传奇，知道不少历史知识，我还会说十二种语言，其中有还在用的语言，有已经不再使用的语言，还有暗号代码（比如这个城市里警察用来骂人的方言）。可这并不能说明什么，衡量一个人是否聪明的标准应当是以下几项：

举一反三的能力：十分；

总结所学知识的能力：十分；

独立思考的能力：十分。"

舅舅等着我回答，可我什么也没说，于是他便接着说："我们的头脑是思维的工具，最重要的不是往脑子里塞满数据，而是怎么去运用它。每个大脑都是一台不同的机器，所以每个人都应该有自己的思维方式。"

舅舅说了一大堆的数字，让我有点儿头晕。我既不是个好学生也不算是个差学生，我有偏爱的学科，可我并不理解什么是"独立思考"。成为一个智慧的人真是挺麻烦的。

我想念我的朋友巴布洛。我很遗憾暑假不能跟他去那座废弃的房子里探险，却要在这里听我舅舅啰唆这些奇怪的东西。

这也是好长时间以来，我第一次想念我的爸爸。我还在为他的离开而生气，可是我想起了他帮我用塑料积木造的楼房和桥,这是他最擅长的。当我看到他用又大又巧的手建造出一整座微型城市的时候,我充满了安全感和满足感。制作最复杂的高塔,在他手中也显得十分容易。爸爸从不像提托舅舅这样问这么多奇怪的问题,他只陪我玩。他们是两种十分不同的人。跟舅舅在一起让我想起了跟爸爸那样实际而安静的人在一起的好处。

聊了这么长时间,我想休息一会儿,于是问舅舅能不能去药房打个电话。

"太好了。"舅舅说,"你顺便帮我买点儿阿司匹林吧,有件事让我头疼两天了。"

我很高兴能到街上去,听听外面的声音,看看来往的车辆,而最让我高兴的是能到药房去。

我一直都很喜欢药房里医用酒精、肥皂和止咳药水的味道。就在我呼吸着药味的时候,在药房的后面,隔着无数印着奇怪名字的药盒子,我看到了一双眼睛——那里有一个女孩儿。

她穿着白大褂,十分合身,不像是她妈妈或者姐姐的,而是为她量身定做的，一个口袋上还绣着她的名字：卡塔琳娜。

一个在我之前到的老人买了十种不同的药。

卡塔琳娜转过身去，很快就找到了他要的东西。她很轻松地在分好类的盒子和药瓶中间走来走去。

跟药房的分类相比，舅舅的图书馆简直就是一团糟。我此刻站在药房里，就像是经历了一场狂风暴雨之后，正看着一个平静的小池塘。

那个老人用一张整钱付了款，卡塔琳娜拿出计算器，指尖在计算器上轻快地跳跃起来。

她找完钱以后，用那双蜜糖色的眼睛看向了我。

"你要买什么，先生？"她问我。

从来没有哪个女孩儿叫过我"先生"。

我没有回答。

她向我露出微笑，我看到她的一颗牙微微有些歪，这个小小的缺点让她显得非常可爱。

她又问了我一次想买什么。

我告诉她："我要阿司匹林。"

"还有别的吗？"她问。

"还有治生长痛的。"

"你是哪儿疼呢？"她问道。

我跟她解释，有时候半夜醒来的时候，我的腿很疼。

"这很正常。"她说，"你在长个儿，你一定会长得特别高。你吃维生素吗？"

"我吃补铁的口服液。"我告诉她，然后突然意识到，我到了舅舅家以后，就没再吃过了。

"补铁的东西吃起来就像锅底一样。"她十分权威地说，"我不太推荐。"

然后她递给我一袋茴香硬糖。

"这能缓解生长痛吗？"我问她。

"不能，可是能遮盖补铁口服液酸涩的味道。"卡塔琳娜告诉我。

她还给我推荐了一种药膏，这种药膏有一个我从未听过的美妙名字：弗塔馨。她告诉我应该以画圈的方式涂抹（她用手在空中比画着）。

我付完账后，她十分娴熟地找给我零钱，连看都不看就知道每个硬币是多少。

让我吃惊的是,她接着说道:"我看见你从街对面的房子出来。你住那儿吗?"

"是的,我跟我舅舅一起住。"

"我听说他有很多书,你能借给我一本吗?药房没人的时候我觉得很无聊。"

"哪本呢?"

"你选一本吧。"

我努力记牢我的新朋友交代我的事,把打电话的事情忘得一干二净,直到舅舅问我"你妈妈怎么样"的时候,我才想起来。

"大概不错吧。"

"你不是给她打电话了吗?"

我没有回答。我绕过舅舅,走向他的那些书,去给卡塔琳娜找她想要看的书。

第六章　控制你的超能力

　　欧弗西娅做的饭很好吃。下午的时候,她在壁炉前给我放了一个三明治和一杯巧克力牛奶。我喜欢一边吃点心一边看着壁炉里燃烧的火焰。舅舅说,这种好吃的三明治是用熏野猪肉做的。虽然听上去有点儿不像真的,可是我的确从未吃过这种肉,而且它比高档的香肠还要好吃。也许这真的是熏野猪肉吧。

　　晚饭的时候,我们要么吃很嫩的鸡肉,要么吃意大利面。意大利面酱里有番茄,而且里面还加了很多极为珍贵的香料,吃起来有一种独特的香味。

　　奇怪的是,虽然我比在家的时候吃得多许多,但我却瘦了。

"因为你住在这个图书馆里。"舅舅解释说，"对爱走动的人来说，这可是个好地方。"

的确，我每天都在这些没有尽头的走廊里走来走去，因为走廊蜿蜒曲折，根本无法判断到底有多长。到下午吃点心的时候，我的脚都走麻了。

有几次还是提托舅舅把我从这些没有尽头的走廊里解救出来的，因为我被一本又一本的书给吸引了，然后突然意识到自己饿得不行了，或者想上厕所快憋不住了，只能摇铃让舅舅带我出去。

有时候舅舅也得花好长时间才能找到我。他忙着读书的时候，就叫欧弗西娅来接我。欧弗西娅走路慢，让我等得很不耐烦，可是我没法儿生她的气。她很和善，每次找到我时，都会递给我脆脆的椰子曲奇饼，她的双手闻起来还有一股香甜的肥皂味。

我开始试着记住图书馆不同的区域，比如"天堂之鸟"后面是"飞机与降落伞"，过了"海洋和头发的旋涡"就是"名人的假发"……

有的名字让我觉得很好笑，有的却让我感到忧郁。有一天我走过"爱咳嗽的人"的时候，看到一本书叫《受折磨的吸烟者》，我一下就想到了妈妈。她现在在做什么呢？她还常穿那件让她看起来无比漂亮的姜黄色高领毛衣吗？

那天晚上我又喝了一勺补铁口服液，因为我不能让妈妈失望。黑黑的药水味道还是那么令人恶心，好在我有卡塔琳娜给我的茴香糖，这个味道让我相信，一切都会好起来的。

第二天，我忘了喝补铁口服液，却没忘记吃一颗茴香糖。

舅舅告诉我书又动了，但这一定不是真的。我记住了好多不同的书名和它们的位置，可是几天来，它们一直都在同一个地方。

当我开始为卡塔琳娜找一本她可能会喜欢的书时，奇怪的事情发生了。"天堂之鸟"区域还在那儿，可是我却找不到那本放在最前面的《达尔马提亚公鸡》了。我走到"飞机与降落伞"这个区的时候，同样的事情发生了，以前一下就能看到的《泡泡糖轰炸机》，这次却让我找了好几个小时。

这到底是怎么回事？舅舅说我很久以前来的那几次，书都自己移动了，但这次是我去了药房之后，书才开始移动的。是卡塔琳娜对我产生了什么影响，让我开始影响这些书了吗？是我从她那儿得到了什么能量，还是她唤醒了我身体里沉睡的力量？

一切都是那么奇怪而有趣。

我在书架之间走来走去，寻找一本她可能会喜欢的书。我不能让她失望，所以一定要找到一本十分特别的书。

我来到"神奇的狗"这个区，我一直很喜欢狗。皮塔是一只马尔济斯犬，而我一直想要一只拉布拉多，晚上它能跳到我的床上来。

我的目光扫过每一本关于狗的书，然后看到了一本应该是放错了位置的书，因为它跟狗毫无关系，书名叫作《心形河畔的旅程》。出于好奇，我打开书翻了起来，然后就被它深深地吸引了。

我根本无法把目光从这本书上移开。这本书写的是两个在森林里迷路的男孩儿——埃里斯托和佩佩的故事，他们用一棵树造了两艘独木舟，决定分头寻找出去的路。他们一个向西走，一个向东走，但这条河是心形的，所以当他们经历了千难万险后,又在一个点重逢了。在他们会合的地方,一个印第安人帮助他们用干树枝做成一个巨大的篝火堆。那个印第安人告诉他们,这个森林的树木太茂密了,连目光如炬的雄鹰都无法发现他们,而他们现在所在之处,正是唯一一个发出烟雾信号能被别人看到的地方。"这里是河流的心跳之处。"印第安人说。他还告诉男孩儿们,他的名字叫鹰之眼。篝火的火焰升上天空,老鹰看到后在篝火的上空盘旋,一架正在搜救这两个孩子的直升机也看到了求救信号。就在直升机降落在河面上之前,印第安人教会了埃里斯托和佩佩怎么用树枝和石头做指南针,然后他便消失在了灌木丛中。

那天下午,我把书带去给卡塔琳娜,但她不在。我把书留给了她妈妈——一个安静而和气的女人。

我还顺便给妈妈打了一个电话,她听起来比之前平静多了。她的声音十分坚定有力,仿佛她每天早上也在喝补铁口服液。但这反而让我很担心——她似乎不像以前那么需要我了。

她说她染了头发,这让我觉得很奇怪。

"你现在是金发?"我问。

"你能想象我金发的样子吗?"她惊呼道,然后大笑了起来。

"那是什么颜色?"

"染成了我头发本身的颜色。"

这听起来更奇怪了,怎么会有人把头发染成原本的颜色?

"是因为我有白头发了。"她解释说,"我现在感觉好多了。"

可她说话的时候,我听到了她点燃了一根火柴,一定错不了。她顿了顿,似乎吸了一口烟。妈妈仍然需要我,听到她那因为吸烟而造成的呼吸急促和咳嗽,我就知道了。

"你怎么样?"她清了清嗓子,问我。

"挺好的。"我撒了个谎。

挂电话的时候,我甚至觉得电话的听筒仿佛有一股烟灰味。

下午茶后,舅舅想玩一个罗马人大战迦太基人的桌上游戏,罗马人步行,迦太基人骑着大象。可我更想再去找一本书。我回到了"神奇的狗"那个区,又发现了一本意想不到的书——《心形河流上的火》。上本书的两个主角又回到了森林里。这次，一群游客想要点燃鹰之眼的篝火，可是没找对位置，于是酿成了一场森林大火。小鹿、狐狸和熊都拼命逃生，躲到了河里一处不太深的地方，只把鼻子露出来呼吸。埃里斯托和佩佩绕了很远的路才来到森林中心附近，最后一段路还需要游过去。当他们终于到达目的地的时候，却发现他们的火柴都湿了。于是他们用镜片把阳光聚在一个点上，点燃了干树叶，燃起了一堆篝火。这次他们没有那个印第安人的帮助也完成了任务，因为印第安人被阻隔在了大火的另一边。直升机又来营救了，飞机上有一个可以把水抽上去再用来灭火的大罐子。男孩儿们在大火扑灭后登上了直升机。他们远远地看到了鹰之眼抱着树枝游到了河对面，最终得救了。

第二天，我又在几个毫不相关的区域找到了几本关于心形河流的故事书。

我把这件事告诉了舅舅，但他觉得这再正常不过了。

"我早就告诉过你书会自己移动。你身体里的某种东西发生了改变。我第一次见到你时，就知道你是一个会吸引故事书的小男孩儿。不是每个人都能让书找上自己，可你有那种特殊的能力，而现在你得学会怎么运用它。这次你妈妈带你过来的时候，你看起来呆呆的，我以为你已经失去了那种能力。你最近几天看起来有点儿茫然，我猜你一定是碰到了什么困难。"提托舅舅无比严肃地看着我说，"我明白你的感受，外甥，我也知道孤独的滋味。有时候我挺享受孤独，但有时候它又让我觉得很累。不过，我觉得你的力量正在恢复，一定是发生了什么重要的事情。"

我不想告诉他我在药房交到了新朋友。

"书能感受到它们的读者。"舅舅接着说，"不是每个人都配阅读它们。你心里的某个地方被打开了。而且，这种效果是会传染的，连我都找到了一些完全不记得自己曾经买过的书。你知道我刚读到了什么吗？"

"什么？"我很担心舅舅又要说到一半就停下来去上厕所，好在这次我的好奇心立即得到了满足。

舅舅打开了几天前刚收到的蓝皮书。

"这本书上说，要是一个读者的能量太强，可能会造成一场书的风暴。这种人叫作'狂暴阅读王子'，遇到他们，书架会像旋涡一样旋转。这以前也发生过几次，是发生在一个在亚历山大图书馆的希腊人、一个急脾气的中世纪意大利僧人，还有一个在布宜诺斯艾利斯的墨西哥街的阿根廷人身上。但这只是几个个案，通常来说，书为了不被发现，都是悄悄地移动，然后不等你注意，突然出现在你的眼前。"

"那些狂暴阅读王子是谁？"我好奇地问。

"埃拉托斯特尼是计算出地球周长的亚历山大图书馆管理员。至于中世纪的僧人，他只要闭上眼睛双手合十地祈祷，他的书就能趁机悄悄地移动。而那个阿根廷人是个盲人，所以他看不见他铭记于心的每本书是怎么移动的。有时候，最好的读者往往是那些有某种障碍的人。这座图书馆就是我父亲建的，他也是个盲人。"

舅舅瞪大眼睛看着我，就像我在很远的地方，他想努力看清楚一样。

"你为什么这样看着我？"我问道。

"我一直都是这样看你的呀。"

"有时候你瞪得我有点儿害怕。"

"对不起，外甥。我这个坏习惯可能与跟一个盲人一起生活过有关系。我以前就经常这样瞪着我父亲。我这么直勾勾地瞪着他，是因为他看不见我。我还对观察他的一些反应很有兴趣。比如，虽然他的双眼看不见，但他总是知道现在是白天还是晚上。他还会跟着光线的角度调整位置。有时候他能感觉到阳光的温度，或许是一缕微光照进了他眼睛深处，还有时候他不需要任何提示就能知道是几点。盲人有很精准的感觉、很强的记忆力，还能把听到的声音转化成图像。他们把整个世界都转化成了声音的时钟。我会念书给我父亲听，并且可以从他的肢体语言中知道，他真的看到了书中所描述的震撼人心的景象。我习惯于留意他所有的动作，他看不见，我就可以盯着他看。所以有时候跟别人在一起，我的眼睛也会瞪得很大。我一点儿都不会掩饰，真是抱歉。"

舅舅真诚的解释倒让我十分惊讶。"没关系的，舅舅。"我说。

"有时候我很想他。"他用低沉的声音说，"我父亲让我爱上了书，让我明白了，书要分享才更有意义。你现在来了真是太好了！"他咧开嘴笑了起来，像一匹咧着嘴的马一样。

这时欧弗西娅端着热巧克力和小点心进来了。舅舅把一整块点心放进了嘴里，然后继续说话，他的裤子上全是粉色的糕点碎屑。我做了个手势，示意他安静点儿吃。

提托舅舅很没有耐心，所以他吃惯了烫嘴的东西，完全没有耐心等饮料凉了再喝。他啜了一口热巧克力，我几乎能看见他耳朵里都冒出了热气。然后他接着说："书在一个视力不好或者闭上眼睛的优秀读者面前很有自信。它们蠢蠢欲动，最后制造出剧烈的风暴。在不少传说中，很多人都被压死在各种各样的百科全书之下。我告诉你这些是为了让你小心，拥有超能力最重要的一点就是要学会不去使用它，或者只在万不得已时才使用。你吸引书，这是很重要的能力，可是你得学会控制这个天赋。"

我并不觉得自己很特别，现在我只想找到更多关于心形河流的故事书，然后拿给卡塔琳娜。

第七章　同一本书，不同的故事

为了不让舅舅发现我把他的书借给别人，我开始悄悄溜去药房。

我会等到他去种着蕨草的房间或图书馆的深处时，再拿走欧弗西娅挂在厨房的一根钉子上的钥匙。

卡塔琳娜对《心形河畔的旅程》爱不释手，甚至在帮一个崴了脚踝的女人绑绷带的时候都不肯放下。她用打针的空隙看完了最后一章。

她看起书来甚至比我更加专注，更加动情，而且我们读到的故事情节似乎也不太一样。当她对我说"我很喜欢那个女孩儿"的时候，我十分惊讶。

我正想问"什么女孩儿",可又害怕要是我质疑她说的,她可能就什么都不愿意说了。

"埃里斯托呢?"我换了个方式问道。

"我也很喜欢他,可是他有一点儿自负。"

"佩佩呢?"

"什么佩佩?"她吃惊地问道。

我读的故事里有两个男孩儿,埃里斯托和佩佩。可她读到的故事却是关于埃里斯托和玛丽娜的。或许是她忙着卖药,包扎伤口,自己想象出了另外一个故事吧。

她把书还给我,我又给了她一本新的。

当我跟她道别的时候,她对我说:"你头上有个东西。"

她从我头上揪出了一根红色的线头。

"像是洋娃娃的头发。"卡塔琳娜笑着说道。

舅舅家的窗帘是红色的,他的睡衣是红色的,浴袍也是红色的,这线头一定是从这些东西上来的。

"来,我帮你整理一下头发。"她对我说。

她的手指穿过我的头发,就像是在给我戴上一顶皇冠一样。我把新书给她后,就回家又读了一遍《心形河畔的旅程》。

我给自己倒了一杯牛奶，可我很快就被这本书彻底吸引了，那杯牛奶我连碰都没碰一下。这本书的内容变了！故事的主角不再是埃里斯托和佩佩，而是埃里斯托和玛丽娜。而且埃里斯托确实有点儿自负。

难道是我上一次没有认真看这本书吗？

那天晚上，我想跟舅舅聊聊这个奇怪的变化，但他没下楼吃晚饭。

"他出去了。"欧弗西娅告诉我，"家里的茶喝完了，他每天不喝上十五杯茶就难受。"

第二天早上我很早就醒了，急着跟舅舅说话，可他半天都没到厨房来，于是我决定去卧室找他。

这不是我第一次去他的卧室，他的房间在房子的最顶层，通向他房门的最后几级台阶是用书搭成的。

我进去的时候，他睡得正香，脸上盖着一本书。他每打一次呼噜，书页就跟着颤动一次。

我每次做了噩梦叫醒爸爸的时候，他总是很生气，而舅舅却觉得我去他的房间找他聊天再正常不过了。

"早上聊天是非常好的。"他热情地对我说,"可是这么一大早,我就像一本空白的书,一定要喝了茶,书上的字才会出现。"

我下楼走到厨房,欧弗西娅给了我一个大茶壶。有这么多茶,我们能聊上好几个小时了。我又回到了他的房间,他还躺在床上,两眼却炯炯有神地看着我。

"把窗帘拉开吧,这样阳光就能像博尔赫斯的散文那样热烈地照进来了。"

我拉开了红色的窗帘,阳光顿时倾泻而入。

"没有比光芒更好的散文了。"舅舅说。

他说话很奇怪,仿佛还在睡觉一样。

"什么是散文?"我问他。

"就是把词语放在一起,却不押韵的艺术。就像我们说话一样,我们用散文交流,可有时候我们不小心也会押韵。你想跟我说什么?"

"两个人读同一本书,书的内容有可能会不同吗?"我问他。

我告诉了他卡塔琳娜的事,但没说卡塔琳娜的名字。

"你跟我说的这件事很有意思,非常有意思。"他说着,打开了茶壶,空气里立即充满了熏茶的味道,"一本书就像一面镜子,它会映照出你的想法。一个英雄所读到的肯定跟一个恶贯满盈的人读到的不一样。一个好的读者总是能加入更多的东西,让书变得更好。可是你跟我说的事情十分罕见。当你发现有人为你改动了一本书,这意味着你的阅读方式已经达到了河流一样的水平。没有一条河流是静止的,外甥,河里的水总是在变的。"

"你碰到过这样的情况吗?"

舅舅移开了目光,他从来没有过这样的神情。他十分焦虑地看着房间的一个角落,然后用奇怪的声音回答:"很久以前,我还很年轻,亲爱的外甥,故事就在我眼皮底下发生了改变,把我给吓坏了。"

"是变成恐怖故事了吗?"

"没有,故事变得更有意思了。是她的这种超能力把我吓坏了。这种能力对我来说太强大、太不可控制了,于是我就没再见她了。很多年之后,她去了一所知名大学做教授,还给我寄了一张明信片,我十分后悔自己曾经惧怕她作为读者所拥有的这种能力，这是我一生中最后悔的事。后来我结婚了，可我的太太不喜欢看书，我只好离开她。所以我才一个人住在这个图书馆里，直到后来你来了。"这是他第二次在这么短的时间里说这么多话。

舅舅的故事让我很难过，似乎也让他自己很难过，于是他提议道："我们去厨房吃点儿椰子曲奇饼吧。这一天才刚开始就已经这么苦涩了，我们得吃点儿甜的。"

四天后，我去找卡塔琳娜拿回第二本书。我闻着药房里好闻的气味，她正忙着招呼顾客。我看到了电话，于是决定打给妈妈。

"胡安小宝贝。"妈妈说。她每次叫我胡安小宝贝，都让我十分不好意思。

我的脸变得绯红。就在这时，卡塔琳娜抬起头看到我了。她远远地朝我挥手，对我示意已经可以把书还给我了。

妈妈听起来心情不错，于是又叫了我那个可笑的昵称。

奇怪的是，以前每次想到妈妈，我总是希望能跟她在一起，这是我第一次很冷静地跟她说话，甚至没有好奇她是不是在抽烟，好像她的问题都与我无关。挂了电话后，我向卡塔琳娜走去。

我听见她说了一些奇怪的疫苗的名字，然后她转向我，好像很高兴见到我。

"这本比上一本还好看！"她指着书说。

我都顾不上回答她，就回到舅舅家，急切地读了起来。

卡塔琳娜又给书加了一些微妙的细节。埃里斯托和玛丽娜沿着一条四周都着火的小路成功逃走了，就像穿过了火焰隧道一样。

一开始，埃里斯托不敢穿过隧道，可玛丽娜带着他往前走，她的勇气鼓舞了他。

玛丽娜天性快乐而坚毅，埃里斯托一开始有点儿自负，现在则变得更加纯粹，他帮助掉进洞里的玛丽娜爬出来，脱下身上的衬衫在河水里浸湿，递给她用来擦去身上的泥。

最后他们都得救了，他们在冰冷的河水里游泳，玛丽娜还学着鱼和埃里斯托的样子。

那天晚上，我梦到自己也在一条河里。

第八章　影子之书

直到今天，我才敢写出当时发生的那件让我极为震撼的事情。虽然已经过去很长时间了，我还是要试着真实再现一下那个奇妙的夏天的情景。

我又来到"神奇的狗"那个区域，寻找更多关于心形河流的书，却一本也没有找到。有一些关于冒险的书名和绚烂的插画引起了我的兴趣，但是我只想回到埃里斯托和玛丽娜冒险的那片森林。

还有别的关于这条河的书吗？我怎样才能找到它们呢？那些书会不会为了让我读到，自己出现在我面前呢？

在提托舅舅家的时光比我想象的有趣多了。可有时，我觉得他有些难过，仿佛很后悔这么多年来，除了猫和书以外，再无别的陪伴。他瞪大眼睛看着我的样子，也让我觉得很不自在，就好像他在期待我说些什么。我很喜欢"阅读王子"这个称呼，我从来没有被这样表扬过，可我又害怕让舅舅失望，也许我的阅读超能力并没有他想象的那么强大。

我刚到图书馆的前几周，差不多总在同一个区域活动。这儿有太多书、太多房间，让我很容易就迷路了，只能摇铃让舅舅来救我。

舅舅的图书馆太大了。我根本没机会走个遍，而且我仍然不敢走得太深，要是我到了一个远得连摇铃声都听不见的地方该怎么办呢？可另一方面，我还是忍不住好奇想知道，这座房子最偏远的角落里有些什么，是写着恐怖和黑暗魔法的书，还是用血写成的犯罪记录？

因为我最喜欢的国家是澳大利亚，所以我猜想图书馆里或许有一个偏远而舒适的地方，就像澳大利亚一样，很少有人到达。那儿会不会有些奇怪而迷人的书呢，就像考拉、袋鼠或鸭嘴兽那样的？

一天下午，我鼓起勇气比平时走得更远了一点儿。我穿过长长的铺着酒红色地毯的走廊,闻到了一股奇怪的气味。与其说是一股气味,倒不如说更像是一种感觉,仿佛这个地方被封锁已久,一切都是静止的,直到我的嗅觉让它们都开始躁动起来。这股气味仿佛来自并不属于这里却被囚禁于此的旧书。我捡起离我最近的一本书,封面上一层厚厚的、像面包屑一样的灰尘向我扑面而来。我又向前迈了几步,那种封闭的感觉更加强烈了,我甚至不敢呼吸那厚重的、死寂的空气。

我回来后感觉迷迷糊糊的,也不想吃晚饭。那些灰尘让我很没胃口。

那天晚上,我又做了那个猩红色的梦,又一次走过那条潮湿而昏暗的走廊,来到那个有女人哭声的房间。

早上我很早就醒了,浑身被汗水浸透了。我口渴极了,但天还没亮,我不敢去厨房。我躺在床上,努力让自己平静下来。

我想到了那天下午见过的走廊和酒红色的地毯。跟我的噩梦比起来,那里也不算太可怕,不过是一个装满旧书的封闭空间,除此之外,也没别的。

我不喜欢那个房间的气味，那让我觉得有些不舒服，可这些都是能忍受的。除此之外，我还十分害怕关着的门。虽然可能门后什么都没有，可我总能想象出一些可怕的东西，比如猩红色的房间。

我突然意识到，要是我敢走遍整个图书馆，就不会再惧怕那些未知的角落，或许也就不会再做那个猩红色的梦。

只要我鼓起勇气走进每一个房间，就没有害怕任何一个房间的理由，甚至不会害怕梦中出现的那个房间。

第二天，我跟舅舅说，这里有的地方闻起来就像监狱一样。

"你说得对，外甥，这座房子的通风并不是太好。屋顶上有一些小的通风口，这样空气就能进来。这些通风口常常是关着的，主要是为了防止污染，也避免一些爱冒险的小鸟飞进来。要是你觉得缺氧，也可以打开。"

"怎么打开？"

"这个城市的风是从北往南吹的，所以在朝北的墙上，有打开通风口的绳索。"

"我怎么知道哪些墙是朝北的？"

"要是你对地理一窍不通,也没关系,看到绳子就拉,就对了。"

我走到铺着酒红色地毯的走廊,在两排书架之间,我看到了一根朽旧的绳子,朽到我一拉就断了。

在更深处,我又看到了一根绳子,于是往下一拉。几秒钟过后,我感觉到了一丝微风,房间里的气氛顿时就变了,被这丝无形的新鲜空气拂过之后,我感到平静多了。周围的一切不再像是被囚禁着,而是被守卫着,保护着。

我继续前行,可却不敢走得太远,因为我还不是完全自信。我每次看到通风口都会打开,同时,我扫视着每一个区域和每一个书架,我却再也没找到关于心形河流冒险的任何书籍。

我越发自信地探索着这个图书馆,可是毫无结果的搜寻让我越发烦躁,我扫视书架时的情绪也变得不一样了:一开始充满好奇,后来变得十分着急,到最后只剩满心失望。

当我发现自己迷路了的时候,我的脚很疼,肚子也很饿了。我最害怕的事情发生了,我的勇气变成了疏忽。提托舅舅警告过我,要控制自己的力量,可现在才想到他的话已经太晚了。

我摇了半天铃也没有用。

我身处一个有着拱形天花板的房间,高高的屋顶上好像画着一只白鸽,不过也有可能只是一个白色的印子。这个房间有四扇门,可我仿佛一扇也没见过。

我以前也迷过几次路,可都不是什么问题,因为我每次离厨房和客厅都并不太远。

"提托舅舅!"我叫道。

房间里的书吞没了我的声音,这里的书太多、太厚,什么声音都能被它们吞没。

"欧弗西娅!"这一声同样没有人回应。

这样费力喊叫根本没有用。如果埃里斯托和玛丽娜在这种情况下,他们会怎么做呢?他们在森林里都能轻松找到方向,这个图书馆也算是一座森林,因为书的纸张都是森林里的树做成的,那么,书中的主人公们会怎样逃离这座印满文字的森林呢?

一想到埃里斯托和玛丽娜,我马上又有了勇气。既然这儿有四扇门,那一定代表着四个方向:东、南、西、北。

我走向我觉得代表西边的门,从门缝儿中看到了一个很大的房间,令我意外的是,这个房间里一本书都没有,而是装满了动物标本——我另一个舅舅是个有名的猎人。

房间里面有鹿、公羊、野猪、狼和熊的标本。我更愿意在故事书中的森林里看到这些动物(长着獠牙的熊和狼除外)。我一直都很喜爱鹿这种美丽的野生动物,这里一些鹿的头上还长着巨大的鹿角。提托舅舅告诉过我,一头鹿的地位是由它鹿角上分出的叉的多少决定的。我把所有鹿角上的叉都数了一遍,其中一个鹿角有十四个叉。谁敢杀死鹿中之王呢?我为我的家人曾经做了这样的事感到很羞愧。那头鹿有着黑玻璃珠般的眼睛,眼睛下的灰色皮毛隐隐发暗,还有一道痕迹,看起来像是泪痕,又像是一个问号。这让它的神情看起来很沮丧,仿佛哭过一样。我觉得出口肯定不是这儿,于是决定试试另一扇门。

这次我选了代表东面的门。我进入的这个房间也没有书,房间是空的。我走向了其中的一面墙,墙上满是水渍,墙上的涂料也起壳了,要是把书放在这儿一定会被泡坏的。为什么没人叫水管工来修一修呢？提托舅舅家比我想的还要奇怪。

这间屋子里放了很多雕塑，塑像都是些在看书的人，从他们的衣服上能看出他们都是古代人，塑像的底座上还刻着我不认识的文字。

有一瞬间我甚至怀疑这些都是在图书馆里石化了的人。也许这是个奇怪的阅读者博物馆。

里面的灰尘让我打起了喷嚏，于是我决定离开。

我又往代表南方的门里看了看，可是没敢进去，房间里装满了一本本迷你小书，就好像图书馆缩水了一样。看到这么多小小的书让我感到担忧，书上面的字只有蚂蚁的眼睛那么大，要把这些书都读完得花多少工夫啊！一本心形河流的故事书放在这里，一定像一群小精灵中的一个巨人一样显眼。看来，我得去别处找找。

我决定试试最后一扇代表北方的门。可这次由于里面太暗了，我什么也没看见。我从来没见过这么暗的地方，眼睛里全是黑色，连把手指头放在眼睫毛跟前都看不见。

我迈了一步，接着又迈了一步，我开始害怕自己会走丢。我转过身去，刚才真不应该把门关上，因为现在我根本看不见门在哪儿。我试着朝门的方向走去，我触到了墙，于是便沿着墙摸了起来，可是我的手没有感觉到任何像门或者门框的东西，那面墙平滑得让人绝望。

我该怎么办？我的心脏突突地跳着。我静静地站定了一会儿，听着自己的喘息声。

突然，我闻到了一股清新的味道，像是一阵微风。如果空气在流动，那这附近一定有个窗户。

那一股流动的空气闻起来像什么呢？就像是家里的床单，一种干净的、让你愉悦的气味。

我朝那个方向走去，可是很快就尝到了苦头。我撞上了一个硬硬的东西，用手摸了摸，原来是个书架。我抚摸着一本书的书脊，是平滑的，用皮革做的。虽然我什么也看不见，可是我打开了那本书，一页页地翻了起来。我触到书上盲文的凸起，是一些点和短短的斜线。这些书一定属于我的舅外祖父——提托舅舅的爸爸，他是个盲人。难怪房间里这么暗。

房间里的昏暗并不是因为什么特别的原因，对舅外祖父来说，这一定是一个安静而又舒适的地方，在这儿，他能阅读那些把他带进五颜六色的美妙世界的书。

这个想法让我平静下来。我在书架间继续向前走去。

我偶尔会停下来摸摸书页，仅仅是因为觉得有趣。我的手指在盲文的符号上划过，想象着这些点和线条对用手阅读的人来说是什么意思：战争、穿越沙漠、喷火的龙、即将沉没的船只……

就在这时，我听到了一个声音，一本书从某个地方掉了下来，紧接着，我又听见另外一些书也掉到了地上。这儿难道有人？

我大叫了一声。书本吞没了我的声音，屋子里又变得静悄悄的，一点儿声音都没有了。

我心里一阵惊慌，好像噩梦中的墙就在房间的尽头。是我掉进了自己的梦中吗？我为了把对那个可怕房间的恐惧抛在脑后，跑过了这座房子的所有房间，现在却觉得被困在了自己的噩梦中。我懊恼自己哪儿来的勇气跑这么远。我还仿佛听到了一个女人的哭声，我捂住了耳朵。

我坐在地上，动弹不得，就这样过了很长时间。

突然，我觉得脖子后面有什么东西。是一页书。更可怕的是，这页书不是静止的，它还会动！我能感觉到它的抚摸。

我以为有人要杀我，我的脑子里闪过那些我再也做不了的事情。我想到了我的妹妹卡门和微笑着的妈妈；我想到了爸爸和我那亲爱的对什么都很好奇的舅舅；我也想到了我的好朋友巴布洛和我在这里的新朋友卡塔琳娜。呆坐在黑暗之中，被未知的危险包围着，我知道要是不离开这个房间，我会失去太多。

我站了起来，因为坐得太久，我已经有点儿僵硬了。我似乎感到右边有一丝新鲜空气，于是往那个方向走去。

一本书掉在了我身边，接着又是一本。是谁在朝我扔这些书？到底是怎么回事？

我以为我疯了。我想到提托舅舅说过的话，当书知道自己没有被看见时，它们会制造一场风暴。这次，书没有在我毫无准备的时候悄悄飞向我，而是从四面八方跳跃而来。

书胡乱地飞来飞去，仿佛并不是针对我的，或许它们只是觉得好玩儿。我冷静了下来，开始在这些书中穿行。

我得赶在书堵住出口之前到那儿。

我加快脚步往前走，跨过一些书，踩着另一些，我渐渐地明白到底发生了什么——这些书在我脚下搭成了阶梯，它们并不想阻止我离开，而是想帮我。

我沿着书搭成的阶梯，一直向上爬，心想很快就能触到屋顶了，可是这个房间的屋顶非常高，可能是这座房子里最高的。

我爬得累极了，可是书还在不停地搭出新的阶梯。突然，我欣喜地感到一阵清风拂过我的脸颊，这附近一定有窗户！

我伸出的手碰到了墙，我仔细地沿着墙摸着，直到感觉到了一处凹陷。我往里一瞧，发现它连着一条窄窄的通道，通道的尽头是一个小小的蓝色的圈：天空。

我钻进了那条只有我身体那么宽的通道，向前爬。

几分钟后，就爬到了尽头。我往下看，能看到花园。我从来没到过这座房子里这么高的地方。我用手往前探，摸到了一个金属的东西，是梯子，就像船上的那种，我可以沿着它往下爬。

我爬了下去，到了花园里。我被自己的冒险震惊了，满脑子都是乱糟糟的奇思妙想，可是我还没来得及好好梳理这些想法，就听到了舅舅的声音。

"我已经等了你五杯茶的时间了。"舅舅微笑着说，"看来你已经发现了影子之书的房间了。我父亲喜欢把自己锁在里面,一个人独自待在黑暗中,没有人打扰。我有时候也会带着一本书和一个手电筒跟他去那儿。你拿的这本书一定也是在那儿找到的。"

"我拿的什么书?"我吃惊地问道。

"你衣服口袋里露出一角的那一本呀!"我拍了拍我的每一个口袋,惊讶地发现有一本书钻进了一个口袋里。

让我觉得更加神奇的是,这本书的名字叫《心形河流上的发现》。

第九章 《疯狂之书》

我还从来没见过舅舅走去花园,他在草坪上走路的样子很奇怪,像是怕把草踩坏了一样。

他说:"呼吸够新鲜空气了,我们进去吧。"他这么说,一点儿也不让我感到惊讶。

他朝通往温室的门走去,欧弗西娅已经在那儿给我们准备好了一壶茶、一杯巧克力牛奶和几个熏野猪肉三明治。

我向舅舅询问刚才到底发生了什么。

"在一次大的冒险之后你得恢复一下体力。"他说,"你的进步很大,你已经发现了动物标本房间和雕塑房间,比我想象的还要快。你看到那些照片了吗?"

"什么照片？"

"我们家人的照片，就挂在雕塑房间的一面墙上，在房间的一个角落。"

"我没看到。"

"这也不奇怪，那些雕塑更能吸引人的注意力。我建议你以后更仔细些，有时候最大的秘密往往在最小的细节上。"

"那些动物的标本是谁猎来的动物制作的呢？野蛮人才会以打猎为乐吧。我更喜欢没有血腥的冒险。"我说道。

"的确是这样。那些冒险都发生在危险重重的森林里。现实生活中流的血会让我感到难受，不过好在有人会包扎伤口，比如你在药房的那个朋友。"

我吃了一惊。我以为没人知道我在药房交到了新朋友。

"谁告诉你我在药房有个朋友？"我问。

"这座房子里所有消息都来自欧弗西娅。"

"她太多管闲事了！"

"她也是好意。她告诉我那个女孩儿的名字叫卡塔琳娜，她也喜欢书，你还从图书馆给她找了一些书。"

我以为舅舅会为此责备我，可接着他和气地说："你不用感到内疚。书本来就是用来分享的。再说，能有人用药膏和药丸为你减轻疼痛总是好的。说到这儿，你多久没喝你的补铁口服液了？你妈妈叫我一定得叮嘱你喝。"

我以为他会强迫我喝一勺那恶心的、像指甲一样味道的糖浆，可他却说："你长大了，外甥。再说，我也不喜欢靠喝糖浆来补充食物中本来就有的营养。缺铁的人多吃菠菜或者动物肝脏就好了。要是实在想尽快见效，就舔舔刀。有些科学研究太夸张了，千方百计让我们吃药喝糖浆。估计不久，他们就会发明一种蕴含所有故事书营养的糖浆。"

提托舅舅又扯远了，要让他不跑题实在太难了。

我喝了一口美味的巧克力牛奶，问他："你这里为什么会有雕塑呢？"

"跟那些动物标本的来历一样。它们挺有意思的，而且我也不敢把它们丢出去。那是我的曾曾祖父定制的希腊式阅读者雕塑，之前每个房间都有一个，就像守卫一样。可那些雕塑太吓人了，你半夜醒来上厕所，一下床就能看到一个大理石做的高大男人。不是每个人都禁得起这样的惊吓。所以我就把它们都放在阅读者的房间。要是谁对最早以阅读为乐的人有兴趣，就可以去那儿看看。你也可以看看我们家人的照片，你会看到一些你认识的人。对了，那些影子之书把你怎么了？"

"它们动了。"

"它们动了？你刚才怎么没告诉我，我们还坐在这儿说了半天舔刀的事。"

舅舅把脸凑过来，他好几天没刮胡子了，下巴就像刺猬的后背一样，闻起来还有股睡过的床单的气味。当他把脸移开的时候，我松了口气。他稍微平静了一下，问道："只移动了一点儿还是很多？"

"很多。"

"那是像草丛里的毒蛇一样悄悄地滑行，不让你看见，还是像狂风暴雨那样？"

"都不是。"

"你能描述一下发生了什么吗？"他递给我一个三明治，说道，"熏野猪肉三明治能让你思路清晰，吃一小口吧。我已经等不及想听你的故事了。"

这个三明治比之前的都好吃，味道清淡一些，比我吃过的最好吃的熏肉都更美味。

"接着说呀！"舅舅说。

"一开始我以为书只是掉了下来。"

"像雨滴那样，还是像瀑布那样？"

"一本接着一本。"

"像落石那样！"舅舅说道。

"然后我以为它们会压扁我。"

"像压扁一只蚂蚁那样，还是像有人拿枕头打你那样？"舅舅对这些细枝末节无比好奇。

"就像是一切都在颤动，一切都跃跃欲试地想要塌下来那样。"

"颤动的书！好长时间没发生过了。一定要有特殊的刺激它们才会那样。然后呢？"

"我跌跌撞撞地往前走，直到书的移动变得有规律起来。"

"外甥，你是说那些书像是商量好了该怎么动一样？"

"对。"

舅舅的眼珠子都要从眼眶里掉出来了。

"你确定？"他问。他吃惊地张大了嘴，仿佛要把我即将说出来的话一口吞下去一样。

"嗯。"我回答说。他的双唇快速地合了起来,像是吞进了一粒药丸。

"你得记住我是你的提托舅舅,我答应你妈妈要喂饱你、照顾你。你一定要跟我说实话,因为这实在事关重大。"

"我说的是实话。"

"我相信你,没有怀疑你的意思。只是……有些事情很难证实。"他抿了一口茶,紧张得把茶洒到了裤子上。

他对我的故事太入迷了,甚至不在乎把裤子弄湿了。他聚精会神地看着我,就像看着水族馆最下面的一只转眼就会消失的鱼一样,然后压低声音紧张地问:"你知道我是怎么想的吗?"

"不知道。"

"那些书已经读过你了。"

"什么?"

"有些人自以为认得字就能读懂一本书。我跟你说过,书就像镜子一样,每个人都能在书中找到自己心中的想法。问题是,你只有在读到对的那本书时,才能看清自己的内心。

用书做镜子是草率而且有风险的，它能放飞你最原始的想法，那些你从未意识到的、富有创意的想法。你不阅读的时候，那些想法就像关在监狱里的囚犯那样，一点儿用都没有。"

"我也从书中学到了很多自己不可能想得到的东西。"

"那是自然。一面魔镜也是一扇窗，通过它，你能看见自己的想法，了解他人的想法，探索不同的世界。书是最好的交通工具，它能带你去到远方，便宜，无污染，准时抵达，还不会让你晕车。"

"可对书来说，我有什么特别的呢？我连一个好学生都算不上。"

"亲爱的胡安，要当一个好的读者并不一定得是学校里传统意义上的好学生。我的书能感知到，从来没有人像你这样爱它们，也没有人像你这样会跟自己的朋友分享它们，比如药房里那个眼睛很漂亮的姑娘。"

"欧弗西娅跟你说过她的眼睛很漂亮？"

"不是什么都一定要听人说了才知道。有一次我急着要阿司匹林，就自己去了药房。卡塔琳娜的眼睛很漂亮，也很深邃。她把你读过的那本书，什么河流的，变得更有意思了，是吗？"

"是的。"

"一个理想的读者！现在你得如实回答我一个问题，这很重要，你说那些书是有秩序地移动的，你能不能确切地告诉我它们到底做了什么？"

"它们搭成了阶梯。"

"阶梯！"舅舅惊叹道。

"对。"

"像楼梯那样吗？"

"还有其他样子的阶梯吗？"

"当然没有，我兴奋得都傻了，有多少级阶梯呢？"

"我没数，我一直往上爬到了屋顶。"

"你到了屋顶？"

"我就是这样从窗户爬出来的。"

"当然，当然……"舅舅开始走来走去，他走过温室的一株蕨草时，不经意地扯下一片叶子，他像拿着一把剑一样拿着叶子，然后斜放在胸前，"图书馆还从来没发生过这样的事，你真的很特别。"

"可我没觉得自己有什么不同。"

"这更说明你超级特别。自以为重要的人常常并不特别，他们不过是虚荣自负罢了。天才都是很简单的，他们不觉得自己是天才。"

"我不是天才，舅舅，我是你的外甥。"

"我不想太过夸赞你，让你飘飘然起来。你又简单又美好，还爱吃熏肉，就像那些变成了雕塑的伟大读者一样，不过我不知道他们喜不喜欢吃熏肉。"

"我不想变成雕塑，舅舅。"

"你不用变成雕塑，你会比他们更好。"

"更好是指什么？"

"你会成为《疯狂之书》的驯服者。"

舅舅被自己的话惊呆了，张大嘴，下巴像是冻住了一样，你甚至可以把一整个三明治塞进他的嘴里。不过我现在十分好奇，没有心思恶作剧，所以我只是问道："你能再跟我解释得清楚点儿吗？"

"有太多需要我解释的。"

"你要找的那本书叫《疯狂之书》？"

"这就是那本书的名字。我从来没告诉过任何人。"

"还有呢?"

"在我接着说之前,我必须告诉你,很多书一起移动十分少见,而形成阶梯则更为罕见。这意味着它们把自己放在你的脚下,准备好带你去任何你要去的地方。你总能找到一本能帮到你的书。书十分忠诚,没有一个士兵对国家的忠诚能与一本书对它的读者的忠诚相提并论。"

"那有没有不好的书?"

"你的这个问题很有意思。外甥,的确有不好的书,非常不好的书。我指的不是写得糟糕或荒谬的书,也不是一个人经历了毫无意义的遭遇后写出的让人抑郁的书,更不是那些只想出名的白痴写的书,我说的是那些能造成伤害或攻击其他书的书。这种书并不好识别,因为它们巧妙地隐藏了自己的真实意图。你读这些书的时候,可能会觉得很愉悦,但它们会让你忘记其他书写了什么。优秀的读者不会让自己被愚弄,可有时候连他们也会接受那些充满愚昧和恶意的毒药。我得向你坦白一件事。"

我不小心吞了一块还没嚼的三明治。

舅舅接着说："这个图书馆里不是没有邪恶的书。你一定得警觉点儿。有时候它们会伪装成有用的书，比如词典或者菜谱。可这还不是我最想要强调的。"

舅舅把手中的叶子伸过来，大声宣布："这个暑假对你来说十分关键。"

我心想："情况太复杂了，简直不像是在放假。"可是我没敢大声说出来。

就在这时，欧弗西娅走进温室："这儿怎么这么热呀！你们晚饭想吃鸡肉还是比萨？"

"你怎么能为这点儿小事打断我们呢？"舅舅生气地说，"我们即将要说的话可能会改变人类历史，而你却跑进来说比萨。比萨不过就是涂上酱的面饼，一个涂上酱的面饼有那么重要吗？"

"我想吃比萨。"我说。

舅舅立马改变了主意："很好，外甥，你想吃什么咱们就吃什么。"他转过去看着欧弗西娅说，"你怎么还在这儿？我们现在就要吃比萨。"

听完舅舅的话，这个和气的女人嘟囔着离开了。

《疯狂之书》长什么样?"我鼓起勇气问道。

"我也不知道。我跟你说过,没有人读过那本书。"

"也从来没有人见到过吗?"

"它就遗失在图书馆里。我的曾曾祖父曾经把它拿在手中,我的曾祖父、祖父和父亲也拿到过。可没人能阅读这本书,它从他们手中逃脱了。它真是一本叛逆的书,只允许能驯服它的人阅读,就像是骑手得先驯服一匹野马一样。"

"那它还在图书馆里吗?"

"它一定移动了位置,可是绝不可能离开图书馆。"

"你怎么知道?"

"因为它一直在寻找你。"

那一刻,我感觉脚下刮起一股旋风,刚才影子之书制造的混乱顿时让我感到疲惫不堪。我的眼皮耷拉下来。当我清醒过来的时候,已经在厨房的餐桌上了。是舅舅和欧弗西娅把我抬过来的。我们的厨师把一块湿毛巾放在了我的额头上,我闻到了上面辣椒和盐的味道。

"怎么回事?"我问道。我看到了欧弗西娅那双因常年洗碗和在炉火上做饭而泛红的手。

"你还认得我？"舅舅问。

"当然。"

"我们来试试。我叫什么，塔提、提托，还是托提？"

怎么会有人如此聪明却又如此幼稚？

我开玩笑地说："你是我的塔提阿姨。"

"不可能吧！"他号叫道，"我亲爱的外甥疯了，我们差一点儿就要揭开《疯狂之书》的谜底了。太倒霉了，我怎么向你的妈妈交代啊！你是不是马上就要长出羽毛了，还是想上电视节目唱歌，像机器人那样跳舞？你是不是变成唱歌的机器人了啊？"

看到他这样，我觉得十分内疚，于是马上恢复了正常。

"我开玩笑呢，提托舅舅。"

接下来他用奇怪的方式亲吻着我的脸颊，抚摸着我的额头，那动作就像是在用茶巾擦干一个盘子一样。看起来他真的不知道怎么表达情感。这让我想起了妈妈，她拥抱我的动作熟练得仿佛抚慰别人是她的工作一样。可怜的提托舅舅，从来没有人这样抚慰过他。对他来说，对另一个人表达自己的感情跟打开保险柜的锁一样复杂。

提托舅舅接下来的话并没有让我感到意外："我一个人生活太久了，外甥，所以才让你的妈妈把你送到这儿来。我相信你的力量，可没想到会这么强大。你一来书就开始移动，而你也经受了黑暗的考验，那些书在黑暗中统一行动，给你搭成了阶梯。你就是它们的主人！它们会帮你找到《疯狂之书》。如果你能驯服它，就能读到你向往已久的故事了。"

"这本书是谁写的？"

"我不知道。书比它们的作者更重要。最好的书都像是由书自己写成的。《疯狂之书》需要一个特殊的读者，我觉得你就是那个人。欢迎来到图书馆，勇敢的外甥！"

提托舅舅的话听起来就像我前一秒才到他家一样。不过他的话也不是完全没有道理，因为从那一刻起，我的一生将变得不一样。

《疯狂之书》从未允许任何人靠近。

它会让我成为阅读它的那个人吗？

第十章　被擦去的故事

提托舅舅每次吃饼干都把碎屑弄得到处都是，这个坏习惯造成了一些令人不悦的后果。

我来到"愚蠢的原子"区域，想看看这个名字奇特的区域里到底有些什么书，可是我连一本书的书名都没来得及看。我的手伸向一本深色的旧书，封皮可能是用牛皮做的。这时，我突然看见了两只细细的触须，接着又看到了一些脚，最后是一个棕色的头。在我面前的是一只虫子，这让我胃里一阵翻滚。它站在一本书上面，完全无视我的存在，似乎还对自己纤细的触须颇为得意。这是世界上最恶心的生物：蟑螂！

如果说蜘蛛让我感兴趣，那么蟑螂会让我立刻逃跑。我赶紧沿着走廊跑下去,跑进出现在我面前的第一扇门,直到跑不动了,才停下来。我的心脏在怦怦地跳,汗水顺着脸颊流下来。当然,我又一次完全不知道自己在哪儿。

我正要摇铃,就看到了我最不想看到的一幕。在一本绿皮书上,我看到了另一只长着触须和一排脚的虫子疾速地跑过。我是跑了一圈又回到原地了吗?

可现实比我想的更糟糕:这里不止有一只蟑螂,整个图书馆里都有蟑螂!

我赶紧从那里逃离,为了不让我的敌人离开我的视线,我倒退着走。我退着撞到了一个书架,好多书掉到了地上,可我并没有停下脚步把书捡起来。

我来到了一个玄关,那儿有一张小桌子和一把椅子。桌子上有个让我意想不到的东西——一台笨重的黑色老式电话。我拿起听筒,没听到声音,于是又把听筒放下,沿着右边的楼梯走下去。

就这样,我到了欧弗西娅熨衣服的小天井。我还沉浸在刚才发生的事情之中,便脱口而出:"家里有蟑螂,还有一台电话!"

"今天早上我一脚踩死了五只！"她大声对我说。

我看了看欧弗西娅的大脚，那尺码绝对能一下踩死二十只蟑螂。

欧弗西娅把刚洗好的床单拿到外面去晾干。我很惊讶竟然有这么多床单，至少有十条，而我的床上只有两条。

"你舅舅很不喜欢盖毯子，他说毯子太重了，所以他就盖十条床单，再根据温度加减。这样他会觉得自己是个洋葱，穿着睡衣的洋葱，他是这么说的——你知道他总爱说些奇奇怪怪的话。"

"家里还有台电话！"我又强调说。

"你舅舅只有紧急情况时才会用那台电话，他要打什么特别的电话的时候，就把电话线接上，他不喜欢电话铃响。"

这时我听到背后传来一个声音："我听到你们在说我。"

我转过身，可是没看见他，只看到了一条床单。舅舅的声音就像是床单发出来的，好像他是个幽灵一样："实在抱歉我把饼干屑弄得到处都是，这只是我充满激情的吃饭方式的一个小小的负面影响。"

"这儿到处都是蟑螂！"我告诉他。

"看来你是进入萨姆沙的领地了。"

"什么意思?"

"格里高尔·萨姆沙这个人总觉得自己像一只虫子,然后有一天就真变成了一只虫子。"

"真有这个人吗?"

"没有。这个人物是一个长着尖耳朵的作者创造出来的。他的名字叫卡夫卡。"

我看了看舅舅的耳朵,也挺尖的,上面还长着白色的汗毛。

"他变成了什么虫子?"我问。

"你是说卡夫卡吗?他一生都觉得自己像一只虫子。"

"不是,我是说那个人物。"

"哦,萨姆沙先生。这是一个不解之谜。作者只告诉我们萨姆沙先生变成了一只虫子,可是没有提到别的细节。有的学者认为卡夫卡说的是一种在布拉格老房子的木质房梁中常见的甲壳虫。可是人类的思维是固化的,卡夫卡写到"虫",人们立马想到了人类最厌恶的敌人——蟑螂。现在我们家也被蟑螂占领了,我真不知道图书馆有多少地方已经是属于萨姆沙的领地了。"

"欧弗西娅刚刚踩死了五只。"我告诉他,然后指了指她的大脚。

"这不是踩死几只就能解决的。"舅舅说完,沮丧地走到院子里。

那天下午,提托舅舅接上电话线,给杀虫的人打了个电话。他们的对话很激烈,因为提托舅舅对他们不能尽早过来感到很不满意。政府人员发现许多餐馆都有老鼠,因此杀虫公司忙得不可开交。

"他们下周来。"舅舅不得已妥协了,"他们来之前,我们只能用杀虫剂打游击战。"

我很喜欢舅舅家,虽然这儿有时候让我觉得有点儿紧张。可现在这儿却变成了一个可怕的地方。图书馆是虫子绝佳的藏身之处。要是《疯狂之书》也被蟑螂包围着,我可不想找到它。

我用杀虫剂把我的卧室喷了一遍,欧弗西娅在房子的各个角落撒了些像糖霜一样的毒药粉末。

至于舅舅,只是用拖鞋慌张地乱拍乱打。他左手拿着一本书，右手插进一只厚底的鞋里，每当看到一只蟑螂，就整个人扑上去，看起来既激动又笨拙，每回大概要扑上十来次才能消灭目标。但更多时候，他的对手都能成功逃走，只留下他瘫倒在地上累得气喘吁吁。他躺在地上的样子看起来不像是我舅舅，而像一个一只手穿着鞋的女人。

在杀蟑螂的那周，也就是我舅舅口中的"萨姆沙季"，我提议把电话线接上。

他为家里闹虫子感到很难为情，便马上同意了："你想给谁打电话都可以。"

人的想法跳跃得有些不可思议。要是有人前一秒问我想跟谁说话，我会说我妈妈。可当舅舅把电话线接上的时候，我问他："你有我爸爸的电话号码吗？"

"你妈妈给过我，以防万一。巴黎很远……电话费比杀蟑螂的价格还高……再说，那儿现在是晚上。"舅舅现在似乎并不想安抚我了。

"可是你说了，我想给谁打电话都可以。"

"也是，但你得长话短说。"

提托舅舅取来了写着爸爸电话号码的小本子。

"我从来没见过这么长一串数字,我真是讨厌数学。"

"我们又不用做加减法,只要在电话上拨号就可以了。"我说。

拨号的过程让他很紧张,他甚至按错了好几个数字。

一个法国人没好气儿地接了电话,舅舅大叫道:"卡蒙伯尔!"我问他那个词是什么意思。

"是一种奶酪的名字,我一下只能想到这个词。你来拨吧,你更擅长数字。"

我拨完号,便听到了爸爸沉稳而愉悦的声音:"胡安!这太让我惊喜了!"

听到爸爸的声音,我也很惊喜,感觉他就在我身边,甚至能闻到他跟我说晚安时脸上的气息——混合着乳液和皮革的味道,那种我在他的床上睡觉时闻到的味道。

我很惊讶他知道这么多我在舅舅家的生活细节,他甚至知道家里闹蟑螂。他解释说他常常跟妈妈通话,她都跟他说了。

"你妈妈跟我还是好朋友。"他说,"我们会一直做朋友,即使我们不住在一起了,我也会一直爱你。"

这些话很动听，可是并没有完全说服我。我想让他跟我在一起。

"你什么时候回来？"我问他。

"要建完这座桥以后，还要几个星期。"

这是真的吗？我还有好多问题想问他，但是舅舅焦虑地盯着我："这通电话可不便宜。"

"是那种可以从中间分开的桥吗？"

"是的。法国有很多通船的河。我回来后会带你去看电影，看足球赛，我还会给你买一份大礼——拿破仑的小兵。"

这一刻我对礼物没什么兴趣，我只希望他能跟我们在一起，帮我们杀蟑螂。

尽管如此，过了这么久能再跟他聊天，还是很令我高兴。

他还告诉我，在法国，人们吃青蛙和蜗牛。

"他们应该来这儿吃蟑螂。"我没好气儿地说。

爸爸让我给他说说图书馆闹虫子的事，我越说越觉得好笑。我的描述也逗得他哈哈大笑。

当我告诉他我有些害怕的时候，爸爸并没有在意。任何危险都不能成为在他床上睡觉的借口，他不害怕怪兽、噩梦，

109

也不怕蟑螂。

一阵说不清的情绪顿时涌上心头,如果爸爸当时在我身边的话,我一定会一边亲吻他,一边捶打他。能跟他说话我很高兴,可同时也为他不在我身边而感到难过。再说,他去巴黎不只是为了修桥,他的女朋友在那儿等他。

"我很高兴你给我打电话,胡安。"

我想告诉他我的全部感受,但又觉得一切都说不清楚,再加上他还在世界的另一边,于是我只是回答道:"爸爸再见。"

我挂断电话的时候,舅舅正盯着我,就像是在看着蟑螂的头目一样。

"这通电话可花了不少钱!"

"你知道法国人吃青蛙吗?"为了转移话题,我问道。

"这从一本叫作《恶心的美味》的书中就能读到。再说了,年轻人,法国人不是吃下整只青蛙,他们只吃青蛙腿,味道跟鸡肉差不多。有些自以为是的人瞧不上烤鸡肉,觉得吃味道跟鸡肉差不多的青蛙腿是一件多么高雅的事情。法国人很奇怪,外甥,不过我们不得不承认一件事:是他们发明了人的权利，其中一项就是发疯的权利。"

我正想说"你把这项权利行使得很好啊"，可是我想到了爸爸，他是个说话做事非常精确的人，从不为无关紧要的话题纠缠，也不说奇奇怪怪的话。这让我更想他了。舅舅接下来说的话让我十分高兴："你需要分散一下你的注意力，外甥。只要家里还有蟑螂，你就找不到《疯狂之书》。我建议你去药房走走吧，去和你的新朋友聊聊天虽然会让你集中不了注意力，不过那会让你快乐。"

提托舅舅说对了。我能在药房待上好几个小时，闻着好闻的药味，和我的新朋友一起分享阅读的乐趣。

我告诉卡塔琳娜的父母，家里的图书馆在杀虫，所以需要在药房待一段时间。他们都表示理解，还给我端了一个凳子让我能坐着看书，五点的时候还给我拿来了饼干和牛奶。饼干没有欧弗西娅做的好吃，可我还是连连称赞。

我带着那本关于蜘蛛的书去看，因为阅读其他虫子让我能暂时忘记家里的蟑螂。

卡塔琳娜那几天很忙，因为赶上了流感高峰，整个城市都在打喷嚏。太多病人来药房买药，结果她自己也被传染了。

她不发烧,只是时不时地打喷嚏:她闭着眼睛,微微皱着鼻子,像是闻到了辛辣的芥末酱。

偶尔她妈妈会询问我一些我的事情。我没告诉她我的爸爸妈妈分居了,可她对我十分和蔼,就好像她已经知道了一样。

每隔两天我都会给妈妈打电话,她会跟我说卡门的事情,卡门正在她最好的朋友家愉快地度过暑假。爸爸告诉了她我们的对话,这让她很高兴。

妈妈变得出奇地平静。虽然我不确定,可是我猜她不抽烟了(我没听到划火柴的声音,也没听到她吸烟时的停顿)。然而此刻,我的内心却充满了各种各样复杂的情绪。

"你听上去怪怪的。"妈妈说,"没事吧?"

我想告诉她我很想她,提托舅舅是个被蟑螂包围的疯子,可是我只是说我感冒了,然后假咳了一声。

从药房里望出去,我看到杀虫的车总算来了。三个男人从车上走下来,他们穿着灰色的制服,每个人的背上背着一个罐子,就像是潜水员背的那种。

他们在图书馆待了好几个小时。药房的空气中淡淡的紫药水味乍一闻起来像有毒一样。不久之后,我看到那三个男人戴着塑料的呼吸面具从房子里走出来。他们把面具摘了下来,脸上满是跟那些顽强而恶心的对手战斗后的疲惫。他们的存在让人感到十分压抑,因此当他们的卡车开走时,我松了一口气。

当我回到图书馆的时候,舅舅喊道:"我们需要北风。"

他把所有的通风口都打开了,希望这些毒气能快点儿散去。

过了好几个小时,气味才终于消失(也可能气味并没消失,只是我们已经闻习惯了)。

第二天我去找卡塔琳娜。即便因为感冒而鼻子不通气,她还是告诉我:"你闻起来像毒药一样。"

她看起来比平常更加苍白,眼睛下面还有些发黑。

"我一整晚都没睡着。"她解释说,并递给我那本之前我借给她的《心形河流上的发现》。

"你喜欢吗?"我好奇地问。

"你看看一百一十四页。"

我赶紧翻到一百一十四页,我不敢相信自己的眼睛:这一页是空的!

"不止这一页。"卡塔琳娜拿过书,又给我看了另外一些空白的段落。

我看这本书的时候并没有发现任何空白页。这本书的故事被擦去了好多!

"其他的都还好吗?"我问。

"我不敢说。"她回答道。

在我的一再要求下,等她给一个顾客拿了些安眠药水后,她告诉我,我们的主人公都死了,在心形河流中淹死了。

可我读到的并不是这样的。我看的是一个不同的故事!

到底发生了什么?在此之前,她阅读之后故事都能变得更好,她失去了她的超能力吗?是因为她生病了吗?为什么有几页被擦掉了呢?

"写这本书的人一定很坏!"她严肃地说,"他省略了很多本来很好的细节,然后残忍地杀死了故事里的人物。我再也不想知道关于这条河的任何事情了!"

"对不起。"

"这不是你的错。"

"你怎么知道不是我的错?"

"你在你舅舅的图书馆里看到的跟我在药房里看的完全不一样。可能是我接触了太多的病人,这本书也染上病了。"

卡塔琳娜大度地承担了这个责任。可这一定不是这本书被毁掉的真实原因。

到底发生了什么?

很快,我就发现了一个栖身在图书馆的、比蟑螂更可怕的敌人。

第十一章　敌人

"你跟我说的这事真奇怪。"舅舅一边说着，一边用放大镜仔细研究这本书。

凸透镜让他的右眼看起来鼓鼓的，像河豚的眼睛一样。

舅舅移动了一下放大镜，我从镜中看到了他的脸：他长出来的鼻毛变得无比巨大。接着，他尖声而严肃地说："你朋友可能不是我们想象中那么好的一个读者。"

"什么意思？"

"你第一次借书给她的时候，她用自己的阅读把书变得更好了。世界上有这样的人，他们拥有这样的能力，可是也可能很快失去。这就是所谓的'新手运气'。也许她只是想在你面前表现一下。你的朋友让我有点儿担心，外甥。"

"为什么呢？"

"这已经不是第一次像你这样的伟大阅读者为了一段错误的友情而失去自己的能力了。卡塔琳娜已经让你变蠢了，现在又把你借给她的书变得更蠢了。"

我不同意这些话。当卡塔琳娜把书还给我的时候，她看起来很忧虑，甚至一晚上都没睡着。我觉得这本书变得很奇怪是因为它背叛了我们。

可是舅舅不这么认为。他在房间里来回踱着步，然后停下来，双手交叉在胸前，说："我曾经有个朋友，也是个优秀的读者，很多大学都抢着要他，因为他是那种百年一遇的天才。可有一天，他跟一个朋友一起去种菜了。"

"他过得幸福吗？"我问。

"这重要吗？你难道不觉得一个天才去种胡萝卜很可惜吗？"

我觉得过得幸福比当一个天才更好。可我什么也没说，因为舅舅的情绪十分激动，连呼气都像是要喷出火来一样。

他安静了一会儿，终于平静了一点儿，接着说："书会提出很多问题，而一个睿智的人的职责就是直面这些问题。不管一个观点是多么复杂或令人不悦，他们都会给予尊重。养蜂人不会抱怨蜜蜂的刺会蜇人。睿智的人也一样，他们需要处理一蜂箱那么多的观点，它们有的会蜇人，甚至有的还有毒。"

我目不转睛地看着这个鼻孔里长出毛的男人一边靠近我一边说："即使这些观点是黄蜂的蜂巢或是蚁穴，我们也要直面它们。即使它们像黄蜂那样嗡嗡作响，或是丑陋得像长着很多脚的昆虫那样，我们也必须承认它们的存在。我的朋友却放弃了，我的朋友在大好的年华跟朋友一起去种菜了。"

"我记得你说过你有个种菜花的朋友，还会搞各种发明。"我提醒他。

"那是另外一个人。我很支持人们发展自己的爱好，只要不影响学习和进步就行。哪个让你更感兴趣：卡塔琳娜还是书？"

他这样问让我很生气。他不了解卡塔琳娜，也不知道心形河流的故事被毁掉让她多沮丧。那一刻，我这个舅舅完完全全就是一个独居太久、不懂得珍惜身边人的孤僻老人。

我拒绝回答他这个问题。

他踱着大步试着冷静下来，五步就从房间这头走到了那头。但当他再次开口说话的时候，他的声音还是因愤怒而颤抖了："她把你借给她的书毁了！她不值得你再借书给她了！"

这句话让我十分愤怒，我立刻离开了房间。

晚饭的时候，舅舅想缓和一下我的情绪："我知道你喜欢和你的朋友一起玩，外甥。我也有过好朋友，虽然这对你来说可能很难想象。"

我没有回答。

"可我不希望你因此分心，丧失了你的阅读能力。我们能找到《疯狂之书》的！"

我咬了一口难吃的蛋糕。舅舅透过熏茶的蒸气看着我，然后又重复了一遍早上问我的问题，这次他的语气更强硬，就像黑社会那样："要是你必须为了朋友放弃阅读，你会怎么做？"

我仍然没有回答，可是他已经知道我的答案了：我宁可跟好朋友在一起，也不愿像他那样孤独得只剩下书。

"我知道你是怎么想的。"我这个舅舅愤愤不平地说,"你宁可跟好朋友在一起,也不愿像我这个舅舅一样孤独得只剩下书。"

好像他能看透我的心思一样。

"被我说中了,是吗?"他扬扬得意地问。

我仍然沉默不语。

舅舅一下子站了起来:"这就说明你已经陷在友情的旋涡之中了。"

虽然舅舅的话让我十分不快,可他也没说错。

这不好吗?我想象不出我的朋友会对我有什么恶意。

"她就是个入侵者。"舅舅站在厨房的门边说,"她住在马路对面,可现在就像溜进了我们家一样溜进了你的心里。她在我们之间制造矛盾,真是惹是生非,你得小心了,外甥。"

说完这些恶毒的话,舅舅便离开了房间,只剩下我和面前这块吃每一口都难以下咽的蛋糕。

那天晚上我无法入睡。我非常生提托舅舅的气,实际上,我生所有大人的气。先是爸爸离我们而去,接着妈妈把我送到一个几乎没见过两次面的亲戚家,现在连提托舅舅也疯了。毫无疑问,他是一个与众不同的人,可他的想法实在太奇怪了。

我在床上翻来覆去几个小时。只要能睡着,我甚至不介意梦到那个猩红色的房间。

凌晨的时候,我听到房子里某处开门的声音,可能提托舅舅也醒着。

由于我翻来覆去,床单都被汗水打湿了,于是我决定起来走一走。

我沿着一条比以前那些更长更偏僻的走廊一直走,直到我听到一些微弱的声响,像是有人一边开门关门一边揉搓纸团的声音。

前面不远处,走廊拐了个弯,那头是一个挂满地图的房间,提托舅舅很爱在那儿看书。我向那个房间走去,那声响也越来越大了。

地图房间的门半掩着,我不用推门就能看见提托舅舅坐在书桌前聚精会神地看着一本蓝色的书。他右边眉毛高高地挑着,额头上有三道深深的褶子,一脸的邪恶。如果要从他的表情来猜他在看什么,我的答案会是黑暗魔法书。

就在这时,我感觉一个毛茸茸的东西碰了碰我光着的脚。还好,是我最喜欢的小猫多米诺。它在我的腿边绕来绕去,想让我抚摸它。我把它抱了起来,因为我喜欢听它喵喵的叫声。这时,我想到了一个主意。我把随身携带的铃铛绑在多米诺的尾巴上,然后把它放在走廊的地上。这只小猫跑了起来,发出清脆的铃声。

提托舅舅抬起头来,露出被打扰时常有的沮丧神色。他扶了扶眼镜,以便能看得远一点儿,然后决定出来看看发生了什么。他一定是觉得我又在这个偌大的图书馆的某处迷路了。

他朝门走去,我把书架低处的书抽出来,自己藏了进去。

舅舅被我放在门边的书绊了一下,不过没有摔倒,他一边继续向前走一边抱怨欧弗西娅没把家里收拾好。

铃声在远处又响了起来。

我趁舅舅不在,走到他的书桌边,想看看他在读什么书。

纸张的厚度让我十分惊讶,看起来像是牛皮做的,这时候就算我发现这本书是人皮做的,也不会太吃惊。

书上的字是用黑墨水写的，还能看出来笔画笔锋。我用一支羽毛笔在舅舅看的那一页做了个记号。

我合上这本厚重的蓝书。舅舅跟我说过，这本书是用拉丁文写的，可是我毫不费力就能读懂书名：

《预言典籍：你有勇气随意打开一页吗》

我翻到舅舅刚才看的那一页，最后一句话十分奇怪："者侵入个这结终须必你。"

这句话是什么意思？是拉丁语的密码吗？

我听到远处又响起了铃声，还好，舅舅还没抓到多米诺。

我把这句话读了又读。这本书让读者随意翻一页，如果我照做，意义会不会更清楚呢？我让书从手中掉下，书自己打开了另一页。在那页的最后一句，我看到了另外一行读不懂的字："子影的己自你离逃。"

我想在桌上找找看有没有字典。当我翻找着桌上的一摞摞书和纸的时候，无意中发现了一个更奇怪的东西——一面镜子。

我又打开了舅舅翻的那一页，镜子中映出的那行字改变了顺序："你必须终结这个入侵者。"

这就是舅舅挑起眉毛研究的那句话！这本书也想对付卡塔琳娜！这句话太邪恶了，而且正好解释了舅舅突然改变态度的原因。这本书是另外一种镜子：它能映照出能造成破坏的虚假信息。

然后我又用镜子照了照我自己翻到的那一页："逃离你自己的影子。"这又是什么意思呢？

与此同时，我听到了一声大叫："该死的多米诺！"

舅舅抓到多米诺了。我听到了他朝这个房间走来的脚步声，于是拿起书来到了走廊上。

我甚至来不及停下来想想我正在做些什么，只愿舅舅不要发现我。

我飞快地朝楼梯口跑去，三步并作两步地跑了上去。这本书又大又重，我逐渐放慢了速度。

我跑到上面一层，害怕舅舅听到我背叛的行动。我试着踮起脚走，可是每走一步，手里的书都变得更沉，仿佛它并不想被我拿在手中，或是不想去我要去的地方。这时，我突然想到我离那个失明的舅外祖父以前常看书的地方不远了。

我坐在走道里开始反思：这本蓝皮书给我的建议是"逃离你自己的影子"，这真奇怪。影子是没人能逃离的，它是永远属于你、跟随你的。再说，要是这本书建议我做什么，我也应该反着来。我不能让它像气坏我的舅舅那样来气我，我得让我的影子紧紧地跟着我。更重要的是，跟影子有关的，还有我的朋友呢。

我决定把这本写满可怕的谜语的书带到放盲文书的房间。

当我靠近房间门的时候，书已经重得让我无法承受了。我将书放在地上去打开门，却很难再拾起书来。书页仿佛变成了铁做的，快要把我的手指压断了。不过，费了好大力气之后，我终于又把书搬起来了。

我进入房间，门在我身后关上了。这次我一点儿都不觉得害怕了，这个房间的书曾经搭成阶梯帮助我逃离。突然间，我不但能轻松地搬动这本书，而且感觉松了一口气。

我走到一个书架边，把书放了上去。它立马掉到了地上，三四本书又掉到了那本书上面，像是要压制住它一样。在这儿，我有同盟，它们住在我看不了的书中，义无反顾地帮助着我。可能这就是为什么我小时候每次一个人玩游戏的时候，都会想象自己是在影子俱乐部。

我回到了门旁边。房间很暗，可是我却能轻松地辨别方向，就像是行走在梦中一样。

我听到楼下传来的声音，舅舅在桌子上找东西。

我知道他在找什么，也知道他不可能找得到。

第十二章　盗窃之书

尽管过去了这么多年，我还是没有忘记接下来的那天响彻舅舅家的声音，就像有一匹马在他的客厅里嘶鸣一样。

这座通常只有书页翻动和猫轻声走动的声音的房子，被一阵谁都没有想到的声音改变了。让我们都无比惊讶的是：电话响了。

舅舅去接电话，我也跟着跑了过去，想听听他说什么。

"卡门？来这儿？为什么？"

等我跑到放电话的小桌旁，他已经把电话挂了。他若有所思地低头看着地毯。

当他注意到我时，抬起头对我说："你妹妹要来住几天。"

他看上去十分担忧，脸上已经没有了前一天晚上凶狠的神色。

他靠近我，用擦盘子的动作抚摸着我的头发。他又变回了那个和善的舅舅，仍然有点儿奇怪，不过总的来说很和气。

"我希望你能原谅我，外甥。"他突然说道。

"怎么了？"

"我说了你朋友的坏话。"

他接着说："对不起，我也不知道自己最近怎么了。我最近火气比较大，可能是喝了太多熏茶吧。"

"你刚才说我妹妹怎么了？"

"对了，她之前在她的一个朋友家过暑假，叫莱拉·贝穆德斯的。"

"我知道。怎么了？"

"她爸爸找到了一份在美国的工作，过几天就要搬走了。卡门接下来就要在这里过完暑假了。她喜欢毛绒玩具吗？"

"喜欢。"

"她有很多吗？"

"非常多。"

"她要带那些玩具一起来吗？"舅舅的问题真奇怪。

"她可能要带着小胡安。"

"她有个跟你名字一样的玩具？"

"她取这个名字是为了让我邀请她去影子俱乐部。"

"那是什么？"舅舅十分感兴趣。

"那是我瞎编的一个晚上聚集在一起去冒险的秘密俱乐部。我只是为了让卡门嫉妒，结果她都信了。她一直都相信我说的话。"

"有意思，真有意思。"舅舅挠着下巴说。

"什么有意思？"

"几天前，你去放盲文书的房间，那些书来到你的脚下，搭成阶梯，帮助你离开。我跟你说过，世界上最优秀的读者有一些是盲人。我的父亲小的时候就失明了。你的曾外祖父也是盲人，是他建立了这座图书馆。你跟这些黑暗中的影子之书有种特别的缘分。"

提托顿了顿，用手指划过满是胡楂的下巴，发出刺耳的声音。他捏了捏下巴，仿佛想从那儿挤出点儿主意。终于，他说:"昨天晚上发生了一件十分奇怪的事情。"

他发现我做的事情了吗?他知道我把那本恶毒的书拿到影子之书的房间了?为了转移话题,我问:"你为什么对我妹妹的毛绒玩具感兴趣?"

"很久以前,有个小孩儿带着他的毛绒兔子来家里。小孩儿是欧弗西娅带来的,他是欧弗西娅的侄子,从她家的村子过来,他父母把他放在这儿几个小时。他的毛绒兔子看起来没什么,可是却带着一种嗜纸的细菌。我的整个图书馆都被感染了,成千上万本各个时期的书一下子都处在了危险中。男孩儿的那只可怕的毛绒兔子跟携带这种细菌的书接触过。他是欧弗西娅家村里的祭坛童子,村里的牧师有好多古书,都是价值连城的,可那些书带有能腐蚀皮肤的细菌。你看这些疤。"舅舅把手腕伸向我,给我看之前我从未注意到的一道道泛白的疤痕,"都是那些细菌弄的疤痕,要是我不把书一页页地消毒,我的皮肤会变成像孟加拉虎的皮毛那样。没有专业消毒的人愿意来,因为他们担心跟这些细菌接触时间太长后,自己也会被感染,我只能自己撒药粉。有两年我一页书都没读,只是在给书治病。这是我一生中最糟糕的一段日子。图书馆变成了垂死之书的医院，空气里都是毒药的味道，欧弗西娅也不来了。我每天就靠面包和水度日，就像囚犯一样。你知道最悲惨的是什么吗？"

"吸进去那么多毒药没对你产生什么影响吗？"

"你觉得呢？"舅舅奇怪地笑道，"你是不是觉得我有点儿奇怪？"

"确实有点儿。"我壮起胆子说。

"我一直都是这样！我对做一个无趣的普通人一点儿兴趣都没有。"

"做个普通人并没有什么不好。"

"我觉得那样很无趣。一片烤面包很普通，一锅美味的炖菜却很特别。我宁愿做一锅炖菜。"

"你是我舅舅，不是吃的。"

"这就全看你的进化程度了。有的食人族也会吃他们最爱的舅舅。"

"我只是想说，做个普通人并不是一件坏事。"

"你不用掩饰你的非凡。你可能看起来普普通通——两只眼睛、一个鼻子、一个大大的肚子——可是你有能力吸引那些最好的书，你就是阅读王子，没有人能改变这一点，因此我需要你。亲爱的外甥，毒药并没有影响到我，真正影响到我的是孤单和不知道能用我所读的知识做些什么。你能改变这一切。我只希望你妹妹的毛绒玩具没有细菌。"

"它们都没有接触过旧书。"

"被那只兔子感染后，我还没完全恢复过来。书也是有生命的，我们一定得好好看护它们。我得坦白一件事：昨天晚上我犯了一个致命的错误。"

"什么意思？"我尽力装作无辜地问道。

"你还记得我订购的那本书吗，那本蓝皮的旧书？"

"记得一点儿。"我撒了个谎。

"我跟你说过那是一本用来寻找其他书的书。"

"对，我记得。你是不是提过那是一本索引的书？"

"其实那是一本盗窃之书。"

"盗窃？"

"有一种盗窃的书是指没有得到许可而翻印的、质量极差的，然后拿到街上去卖的盗版书。可这是另外一种盗窃书，它会拦截并盗取其他书的内容，这样就再也没有人能阅读那些书了。这就是你借给卡塔琳娜上一本书的时候发生的怪事。现在我知道了。"

"你知道什么了?"我好奇地问。

"我想看一看你在读些什么书,可是错把《心形河流上的发现》这本书放在了蓝皮书的旁边,然后书的内容就被蓝皮书窃取了。第二天早上你把书给了卡塔琳娜,那时,书已经被改写了。"

"怎么会发生这样的事?"

"书与书之间也会发生联系,有的书能成为朋友,甚至有的能变成亲人。但有的书也会嫉妒别的书里那些好的内容,然后想办法搞破坏。这些书都是由那些不能写出原创内容的人写的,他们只能毁掉其他作家的书。那本蓝皮书就是这样的。我以为它能帮助我找到《疯狂之书》,很多优秀的专家对那本预言典籍的评价都极高,可专家有时候也会犯错或心术不正。并不是所有的作品都是好的,亲爱的外甥。"

舅舅停了一下,他像刚浮出水面那样深深吸了一口气,然后接着说:"那本蓝皮书是盗窃之书中最可怕的一本,它的存在只是为了盗窃和毁掉其他书。作者没有署名,他是个藏在暗处的懦夫。写这本书的人一定很憎恨其他作家,他想成为世界上唯一一个作者,因此他想终结一切作品,特别是那些让他愤怒的优秀作品。我早该知道的,可是渴望拥有那本特别的书的野心蒙蔽了我。昨天,我愤怒而嫉恨地瞪了你,后来我意识到了自己的错误,希望能得到你的原谅。我像是被人下了药一样,我憎恨你和你的朋友能把读过的书变得更好,而自己却不能。那本书告诉我要拆散你和卡塔琳娜,甚至还给了我一些别的糟糕的建议。"

"它还说什么了?"

"我会告诉你,可你得先答应我,一定要原谅我。"

"没关系的。"我的声音在颤抖。

"我不是一个阅读王子,从来都不是。我能看出来谁是,可自己却没有你的那种力量。我想凭自己的能力找到《疯狂之书》,所以才求助于那本用蓝皮包裹着的邪恶的书。我不但没有让你来完成这一切,反而为了超越你,使用了一本与我们为敌的书。"

我注意到提托舅舅一直没有碰他的茶杯,他还是第一次说了这么长时间没喝水而且没上厕所。

"你来之前我非常难过。"他继续说,"我以为在死之前都不能破译这个图书馆的奥秘。我父亲在去世之前跟我说起过《疯狂之书》,可那本书并不想让我阅读它,它就像一匹倔强的马儿,不想让任何人骑,或者也可以说是在等待一个特殊的骑手。我开始觉得这是无解的,苦恼万分,于是开始从魔法书中寻找答案,从而发现了这部古老的预言典籍。很多有名的、所谓的智者都推荐过这本书,现在我知道了,他们都不是好人。邪恶看起来不一定是坏的,有时候甚至看上去很好。你来之前我就订购了这本书,我不知道我能有机会得到你的帮助。这本书寄到的时候你已经在这儿了,你看着我签收的。我应该把它扔掉,可我实在禁不起它的诱惑,我完全被它控制了,像一个茶包被开水吞没那样沉浸其中,完全被淹没了。直到现在我才变回你的舅舅,今天早上我突然感觉不一样了。"

"从什么时候开始感觉不一样的?"我问道,努力跟上他的思维。

"从昨天。昨天夜里,那本书从我的书桌上消失了,我气急败坏地打着手电筒四处翻找,可怎么也找不到。神奇的是，我醒来后就平静了许多，头脑也清楚了。现在我明白了，我应该远离那本书，这样我才能从另一个角度思考这件事，并请求你的原谅。你会原谅我吗？"

"我已经原谅你了，舅舅。"我回答道。他的恳求让我很不好意思。

"你知道我为什么把电话线接上了吗？"他问。

"这样妈妈就能打进来了？"

"当然不是。是为了寻求一个大学校长的建议。他是我的一个老朋友，我想告诉他我家住着一个书的宿敌，我想让他帮我找到它。"

"它丢了不是更好吗？"我假装无辜地问道。

"丢了是很好，可是我怕它会再次出现。我必须知道怎么面对它。"

"校长能帮到你吗？"

"他是一个研究邪恶之书的专家，不过不巧，他工作太忙了，我刚跟他通过话，可是他没有时间多说，他跟学校足球队的教练有一个会议，球队马上就要晋级了。我想这一定比一本盗窃之书更加重要。我们说好等他解决好球队的问题再联系，所以我就没拔电话线，也是因为这样，你妈妈才能打进电话。她凑巧打通了，你妹妹这事是个紧急情况，我不知道这座房子里可以装下多少紧急情况……"

"就没有办法控制住蓝皮书吗？"

"有些书有足够强的力量能制服蓝皮书，它们能征服它，消除它的作用。这里可能有一些书足够强大，可是我不知道怎么找到那些书。"

我鼓起勇气问道："我有些话要跟你说，但你能保证听后不生气吗？"

"当然了，外甥。我为我昨天的行为感到羞愧，一定不会生你的气。你已经原谅我了，现在我也会原谅你的缺点，不管多大的缺点。"

我深深吸了一口气，快速地告诉了他昨天晚上发生的一切。

舅舅看着我，依旧面带微笑地说："你把铃铛系在了多米诺身上？我应该有所怀疑的，我的脑子真是没用，我被那本邪恶的书影响太深了，甚至变成了个傻子。你的办法太棒了！这本满怀嫉妒的书已经被影子之书制服了，因为它根本读不懂那些书。有你在真是太好了！我们现在可以把电话线拔了！"

"如果校长打进来怎么办？"

"不要紧，紧急情况已经解决了。"

舅舅俯身拔掉了电话线。

"你不觉得现在异乎寻常地宁静吗？这台电话制造了太多骚动了。"

"它只响过一次。"

"你觉得这还不够吗？对我来说，那就跟炮弹爆炸一样，我得花好多时间才能恢复过来。"他把茶杯端到嘴边，大叫道，"啊，这是我第一次让茶凉了，我从来没有说这么长时间的话却一口心爱的茶都没喝。我们去厨房吧，我亲爱的外甥，我们得恢复恢复体力。"

就这样，我跟我的这个舅舅之间长长的对话就结束了。他又恢复了正常，这对我和书来说，都是好事。

第十三章　王子制定规则

接下来的几天，舅舅的心情都很好，他让欧弗西娅去商店买做炖菜的材料，自己则修复着他那些宝贝书，嘴里还哼着奇怪的小曲儿。

他还带我去放雕塑的房间，指给我看我原先没注意到的那些角落。

我很喜欢看装在镜框里的照片，那儿的照片并不多，差不多有二十张。我看着这些不属于这个时代的人，虽然我不认识他们，可我知道没有他们就没有我的存在。

"你的家人。"舅舅指着一张照片说。

"我一个都不认识。"我回答道。

"你还不太善于辨别鼻子和眉毛,我辨认人脸的能力也不强。我不是一个感伤怀旧的人,几乎不看照片,可有时,我会到这儿来,提醒自己我还有亲戚,有一些是远房亲戚或者跟我有姻亲关系的亲戚。我很喜欢看他们的照片,我内心住着一个收藏家的灵魂,我也喜欢收集亲戚。因为我不太善于人际交往,所以我更喜欢看他们的照片,这样我就听不到他们打呼噜、打喷嚏,或是擤鼻涕了。"

我注意到一个八岁左右的小男孩儿,便问舅舅那是谁。

"你肯定不敢相信,那是你爸爸!"

"那个男孩儿?"

"仔细看,外甥,他就长着一张工程师的脸。他的眼睛看向远处,像是在建造一座桥一样。"

我凝视着那个小男孩儿胖乎乎的脸。很多年后,他成为了我的爸爸。

"你脸颊上的雀斑和他一样,额头和眉毛也一样。你们简直长得一模一样。"舅舅评论道。

我跟我爸爸的确长得很像,要是说照片中的他是我的弟弟肯定也有人相信。

"你在想什么？"舅舅问我。

"你怎么知道我在想事情？"

"你有一种跟工程师不一样的表情。这一点不像你爸爸。你的眼睛像是在探索奥秘，那是双侦探的眼睛，也是阅读王子的眼睛。"

"我有种奇怪的感觉，我感觉自己比爸爸大！"

"你在成长，胡安，你有你自己的生活，也许你自己都没意识到，但你在自己做出决定。你需要你的父母，他们也需要你，但你也有自己的路要走。你的爸爸曾经就是照片里的那个男孩儿，你能给那个男孩儿很多建议，你现在知道的比他当时知道的多许多了。时光流逝是不可思议的，有一天，你会成为照顾你父母的人，当然我希望你也有时间能照顾一下你的舅舅。"

我的目光扫过这些照片，直到停留在一个睡在草坪上的女孩儿身上。阳光照耀在她挂着微笑的脸上，她像是在享受美味野餐后的慵懒午休。

舅舅说那是我妈妈十六岁时的一张照片。她看起来又美丽又安静，让我想要与她在那片草坪上一起玩耍。

我们讨论了很长时间亲戚的胡子和发型，我突然很想去药房给妈妈打电话。

我穿过马路，匆匆跟卡塔琳娜打了个招呼，就拨通了那串早已烂熟于心的号码。

我告诉妈妈我看到了她和爸爸年轻时的照片。

"你长得很像你爸爸。"她说。

"可是更高大。"我开了个玩笑。

我也问了妹妹的情况，她说过几天就把卡门送来。

妈妈听上去很平静，也很放松。她鼓励我继续阅读，好好享受在舅舅家的时光。

"你喝了你的补铁口服液吗？"

"我不需要了。"我坚定地说，然后她就没再说什么了。

挂了电话，我去柜台告诉了卡塔琳娜这个大新闻：不是她毁了《心形河流上的发现》，而是那本蓝皮书。我把一切都详细地告诉了她。

她夸张地笑了，惊呼道："啊，真的，不是我的错！"

这时，我才意识到有一个共同的敌人是多么有用。那本蓝皮书让我们离彼此更近了，我们会并肩与它作战，保护其他书。

卡塔琳娜建议我再去找找更多关于那条河的故事书，我兴高采烈地回家了。

我发现舅舅的情绪不错，可又流露出一丝淡淡的哀伤。

"这一刻，我不得不承认自己被打败了，外甥。"他对我说。

"什么意思？"

"你离成为我的首领只有一步之遥了。"

"我不明白。"

"耐心点儿，战争的胜利不是一天就能取得的。"

说完，他走进厨房，端着一杯冒着热气的茶回来了。虽然茶水滚烫，但他还是几乎一口就把茶全喝完了。然后他说："你已经展示出了你对书的极大磁场，现在我明白自己的使命了——给你提供支持，成为你的谋士。书选择了你。"

他咂吧了一下嘴，把剩下的茶全喝了，然后用手背抹了抹嘴。"啊！"他发出一声感叹。

因为常年只与书做伴，他的吃相并不太好。我一般不介意别人吃得脏兮兮的，或者发出声音，可是舅舅达到了一个新的高度：他张嘴说话之前，大声打了个嗝，还把手指插进了耳朵眼儿里，这时，他又发现了一块饼干屑，于是又像吃最美味的甜品那样填进了嘴里。他吃起东西来就像只老鼠一样。

这些动作并不是激情的表现，可舅舅却声称自己情绪激昂。他是这样对我说的："我从来没想到有人会比我更重要。你不知道我多么感激你的到来，你就是我需要的向导。"

如果换作别人，说这些话时一定会一本正经，或者因激动而哽咽。可舅舅说着话，又发现了更多的饼干屑，于是便趴在地上，把他能找到的都捡起来吃了，然后又凑近地面闻了闻，像在搜寻更多的食物一样。最后他转向我，就像一条突然闻到主人气味的警犬："你没什么想说的吗？"

"谢谢。"

"没别的了吗？"

"我想不到要说什么。"我坦白道。

"作为这个华丽图书馆的新首领，你似乎很简单。"

舅舅爬着向我靠近。

"图书馆可能会经历很多病痛,外甥,细菌、蛾子、白蚁、蟑螂、老鼠……可还有一种瘟疫是消毒杀菌也无法根除的。"

他终于站了起来,说道:"傲慢比蟑螂更可怕。我自以为是,那本愚蠢的书还让我与你为敌。没有什么比一个人不知道自己的无知更可怕的了。"

"我不明白。"

"你看!"他激动地说,"你很诚实。当你有什么不明白的时候,你都会说出来。很多人都假装知道很多,你却很真诚。现在到了你领导我们、决定我们应该怎么做的时候了。"

"我?"

"你是个阅读王子!"

"我读的书比你少许多。"

"准确的直觉比知识更宝贵。"

"你怎么知道我的直觉准确?"

"我不知道,可书知道。这才是重要的。"

我正要说些什么,可就在这时,我转过头,惊讶地看到桌子上有一本书,书名是《心形河流上的朋友》。

"你现在知道我的意思了吧!"舅舅惊愕地说道。

这本书不等我们去寻找，就自己出现了。

"书会寻找它们的读者，你是个阅读王子，而王子制定一切规则。告诉我，我们该做什么。"

他单膝下跪，我以为他又要找饼干屑了，但他十分严肃地对我说："把一只手放在我的肩上，让我成为你的谋士。这是骑士的一个古老传统。"

我照着他说的做了。

"我会至死不渝效忠于你，阅读王子。"他用低沉的声音说道。

我把手放在他的肩上时，感到一阵奇怪的颤抖，就好像被某种能量击中了一样。

舅舅用鼓鼓的眼睛看着我说："我们该怎么做，殿下？"他似乎对做谋士十分有热情。

"首先，还是叫我胡安吧。我是你的外甥，你是我的舅舅。"

"有些人的谋士也是他们的舅舅，我会承担我的职责。我们现在要往哪个方向前进呢？"

舅舅夸张的恭顺让我有些不知所措，于是我说："去厨房吧。"

"去厨房？那你去哪儿？"

"去图书馆。"

"一个人去吗？"

"我带多米诺去。"

"别忘了拿上你的铃铛。"舅舅提醒我说。

我想到了一个主意。

"我要把它还给你。"我把铃铛放在桌上,"我自己找得到方向了。"

"你确定？"

"王子制定规则。"我提醒他。

"好的,殿下。我是说,外甥胡安。"

实际上,我并不确定自己能在这迷宫一样的房间里和走廊间辨别方向,但是该我证明自己领导能力的时刻到了。

摘掉铃铛后,我在图书馆中探索着,感到一种无以名状的自由。

我到了"如何走出迷宫"这个区域,想找到跟图书馆有关系的书,让它们给我指明新的探索道路。

我走丢了好几次,可每次都重新找到了方向。最终,我到了一排书架前,上面放满了关于迷失方向时应该采用何种策略的书。在这些书中,我找到了真正的迷宫(家里或城市中用砖砌成的迷宫,还有森林和花园里用植物做成的迷宫),还看到了利用手段误导、迷惑大脑的心理上的迷宫。

我很吃惊竟然有这么多迷惑别人的策略。更让人不解的是,这一个区域的名字叫"如何走出迷宫",但差不多一整天,我读到的都是关于对迷宫的描述,而没有一句是写如何走出迷宫的指南。

我对这一话题十分着迷,着迷到忘记了吃饭。我一开始站着读,后来又坐在地上读。我读到了一些家庭很多代都生活在迷宫中,从未走出来。

突然,我意识到我一整天都迷失在书中,连手表都没看一眼。已经是半夜了!舅舅一定很担心吧,我猜。我决定往回走,可就在这时,一个书名引起了我的注意:《文字的时钟》。书的第一句话是:"一切时间都在此。"

这本书写的是时间的迷宫。我飞快地翻起书来,因为我想翻完赶快回到舅舅那儿。尽管我只看了几分钟,可这本书仍然给我带来了非常大的震撼。突然间,我回忆起了那些很遥远的事情：我想起了我的第一辆三轮自行车；想起爸爸曾经给我做的玩具；想起那个只吃过一次、之后再也没吃到过的开心果冰激凌；想起妈妈忘了来接我们，于是我们得自己走回家；想起她抱着我，我闻着她头发的感觉。这一切都显得那么遥远，却又像发生在昨天一样！这本书让我意识到，这些回忆都已经深深地在我心中扎根了。我把书放回了原位。

这时，一件不可思议的事情发生了：在它的旁边，我看到了一本白色的书，书皮上没有任何字，像是一本装订了一半的书，书皮是用未经打磨的材料做成的。是不小心放错了吗？可现在不是思考这是本什么书的时候，我得拿出来看看！

我试着把书抽出来，可它从我的指间滑落了，像闪电那样，快得我根本没看清楚。它突然就消失了，我的手指几乎没来得及触到它。我的手紧张得有些发麻。这本书好像有自己的想法一样。

我听到了一阵铃声——是舅舅来找我了。

"我在图书馆里找了你好几个小时了。"他看到我时说道，"晚饭都凉了。"

"我摸到了！"除此之外我什么都说不出来，只能目不转睛地看着自己的手。终于，我开口继续说道，"我看到了，它是白色的，上面没有字，看起来就像是一本没有装订好的书。"

"《疯狂之书》。"舅舅喃喃自语道。

"它逃走了。"

"它一定要被驯服了才会回来。"

"怎么驯服它？"

"你会找到办法的。我只是你卑微的谋士。"

那一刻，我才闻到了食物的味道。舅舅伸出右手："我给你带了个三明治。"

三明治已经在舅舅手中被捏扁了。

"我找不到你，很紧张，就捏得有些紧。"

我吃了两口被捏扁的三明治，虽然看起来很丑，可还是很美味。

我记住了触摸到那本白书的位置，然后开始享用我的晚餐，像是在吃人生中的第一顿饭一样。

第十四章　提托烹饪故事

由于前一天在图书馆待了太长时间，第二天我很晚才醒，并且决定在床上多赖一会儿。我想象自己是一只生活在澳大利亚的快乐的鸭嘴兽。这是我最喜欢的动物之一，它能很长时间一动不动。可能做一只袋鼠会更好，小袋鼠能待在妈妈的口袋里面。但我不能什么都想要，我已经决定了想象自己是一只鸭嘴兽，所以一早上就这样度过了。

每天都乐呵呵的欧弗西娅把我放在厨房的书拿了进来：《心形河流上的朋友》。

我一看就是好几个小时，同时想象着卡塔琳娜接过这本书时的喜悦。我越来越喜欢这个冒险故事了。这一次，主人公们发现一个对户外活动一无所知的男孩儿在森林里迷路了。虽然他们不像鹰之眼那样有经验，可也已经学会了怎么生火，怎么辨别不同动物的踪迹。那个迷路的男孩儿叫作布鲁诺，他穿着一件合唱团成员的彩色背心。他来到森林的方式也极不寻常。

布鲁诺本来是一个声乐学校的学生，那个学校只招收声音最动听的学生。那年夏天，他跟班里的同学一起乘船去北方演出，每隔一天，他们都会在一处景点停留一下。游览完当地的大湖泊之后，他们又一起来到了森林。布鲁诺由于不擅长运动而落在了后面，对他来说，爬山和在灌木中穿行太难了，他开始担心自己赶不上同伴。就在他从一块石头跳到另一块石头上的时候，他的眼镜掉进了一个裂缝里，于是周围的一切都变得模糊起来。他漫无目的地走着，直到夜晚降临，才意识到自己一定是迷路了。

第二天埃里斯托和玛丽娜发现了这个受惊的男孩儿。布鲁诺的数学很好，而且声音非常好听，尤其适合唱圣诞歌曲。可这些技能在森林里毫无用处。在森林里，他需要防止被狼袭击，还需要懂得辨别风向，这样才能在生篝火时不致引发森林火灾。

布鲁诺并不是特别友好,他害怕虫子和一切看起来黏糊糊的、脏兮兮的东西。因为看不太清楚,他时常会踩进蚁穴,或踩到一堆动物粪便。埃里斯托和玛丽娜得像照顾自己的弟弟那样照顾他。

他没有在森林中生活的经历,在那之前,他所见过的食物都是放在家里冰箱里的,他根本不知道怎么打猎、钓鱼和采集水果,只知道怎么打开麦片盒子和金枪鱼罐头。

在埃里斯托和玛丽娜照顾布鲁诺的同时,合唱团的孩子们还在继续他们的船上旅程。他们要参加的演出十分重要,而且合唱团的指挥认为,二十九个孩子唱歌跟三十个孩子也差不多。

到了接下来的一个港口,当地政府接到通知,有一个孩子在森林里走失了,需要他们去寻找。于是很多直升机在森林上空飞来飞去,寻找布鲁诺。虽然他穿着彩色背心,可是飞机上的人完全不可能透过层层枝叶看到他。直升机找了好几天也不见男孩儿的踪影。

这个胆小笨拙的男孩儿需要埃里斯托和玛丽娜运用他们

学到的很多知识。由于他什么都不会，他们得教他怎么用盐腌肉，怎么区别猫头鹰和夜莺的叫声。

向别人解释一件事的时候，你会为自己知道这么多而感到高兴。布鲁诺让埃里斯托和玛丽娜意识到了，原来他们在森林中学会了这么多。

渐渐地，布鲁诺开始利用自己的音乐天赋辨别各种鸟的叫声，并且很快就能精准地模仿，他唱歌的时候，所有的鸟儿都被他召集来了。

在书的最后一章，埃里斯托和玛丽娜把布鲁诺带到河流形成心形的地方，让他在那儿学鸟叫。巨大的鸟群汇集在森林上空，引起了那些还没有放弃救援的直升机的注意。

我一口气把书看完了才起床，然后赶紧穿好衣服跑去药房。

我没找到卡塔琳娜。她给谁家送药去了，因为平常送药的那个人生病了。

她的妈妈在柜台的后面。

我把《心形河流上的朋友》递给她妈妈，请她转交给卡塔琳娜。

这个女人友好而严肃地说:"我不知道该不该把书给她,最近她看书看得很累。我不准她晚上看书,可她还是偷偷地看。喜欢看书是好事,可是你们俩有些过头了。"

"仅仅是一本书而已。"

卡塔琳娜的妈妈意味深长地看了我一眼,说:"一本书绝不仅仅是一本书。你比谁都清楚。"

她说得没错,我不知道该怎么回答。

"我担心卡塔琳娜会像上次那样难过。"她接着说,"她的黑眼圈很深,我还听到了她的哭声。"

"这是一本很好的书,她读的时候,书还会变得更好。"

她像是想起了什么,看我的眼神里也多了些理解。

"许多年前,卡塔琳娜的爸爸给了我一本很精彩的书。"她的眼里有了光彩,"书的名字里也有个'心'字,不过是一本医药方面的书,可我觉得非常浪漫。"

"你会把书给她吗?"我满心希望地问。

"我会考虑的。我可以保证。"

她说完,我就离开了药房。

我开始好奇我最终是否能找到《疯狂之书》。我能做些什么呢？我的能力不足以征服图书馆。而且，我要找的那本书从来没让任何人读过。它是如此的叛逆，就像是藏匿于山林里的最后一个战士，绝不投降。它真的值得我去寻找吗？图书馆是独自一人很难应付得了的。

我想起在《心形河流上的朋友》中读到的，有的事情独自去做的时候非常困难，可要是有了同伴就会变得十分愉快。埃里斯托和玛丽娜面对那么多需要极大勇气和力量的挑战，可当他们在温暖的篝火旁回忆起过往时，又充满激情地重温了一切。这段冒险最珍贵的，就是他们能跟另一个人分享。想到这里，我决定邀请卡塔琳娜来图书馆，可这不能没有舅舅的允许。我到他的阅读室去找他，可他却不在那儿。他不在蕨草的房间，也不在地图的房间，这都是他平常关起门来看书的地方。

过了一会儿，我看见黑曜石和象牙往厨房的方向去了，像是闻到了什么好吃的东西。我跟着它们走了过去，看见舅舅满身面粉地站在那里。

"我在给这道莫比·迪克煎鱼涂上面粉。"

两只猫聚精会神地看着他，期待着他的作品。不一会儿，多米诺也来了。

我想跟舅舅说话，可是他现在显然不想被打扰。他咬着舌头以便集中注意力，还时不时地翻着一本书。我以为是一本菜谱，因此当我得知那是一本小说的时候，十分惊诧。

"你在里面找什么？"我问他。

"赫尔曼·梅尔维尔写了一个发生在汹涌海上的冒险故事。我想做一道尝起来像这部小说的菜。莫比·迪克是这条白鲸的名字，这个小小的厨房煮不了一条鲸，所以我只好退而求其次，做一条它肚子里的三文鱼。秘诀是多摇一摇，在鲸的肚子里游泳一定不会太平稳，特别是像莫比·迪克这样凶狠的鲸。最后一步是加上点儿鱼叉的味道。"

舅舅把一根缝衣服的针投进装满酱汁的盘子里，然后把针插进了鱼肚子，刺穿了这条鱼。他接着说道："亚哈船长对莫比·迪克怀恨在心，因为它一口就把他的腿咬掉了，就像吃一根香肠一样。船长痛恨这条鲸，发誓一定要杀死它，最后他为了复仇，自己也死了。他在最危险的海域寻找它，发现它后，直视着这个庞然大物的眼睛。莫比·迪克逃过了无数的鱼叉，有的甚至刺穿了它厚厚的皮。这东西实在太大了，鱼叉跟它相比，就像是在它布满伤疤的身体上插着的一个小小的螺旋开瓶器。亚哈船长最后一击用鱼叉刺穿了这条鲸，它变得十分狂躁，直接击沉了整艘渔船和所有的船员。最后只有一个叫以实玛利的水手得救了，是他给我们讲了这个故事。不管是什么事情，总会有一个目击者，这样世界上的其他人才能听到故事。所以，莫比·迪克煎鱼怎么能少了以实玛利酱呢？"舅舅指了指那盘他刚刚用来浸缝衣针的酱。

"这酱是用什么做的？"我问。

"我不能透露我的秘方。作为厨师，我感兴趣的是你最后入口的菜品，而不是这个过程。厨师会把自己的秘方吞进肚子里。我只会告诉你一件事：水手都喜欢刺青。这酱的美味会让你终生难忘，就像是它的味道在你的胃里留下了永久的刺青一样。"

舅舅荒诞的阅读方式现在又展现在了他的厨艺上。我要想转移话题很难，但最终，我还是想出办法，于是开口问他："我能邀请卡塔琳娜吗？"

"邀请她看电影？可以啊，我同意。我不喜欢有人在我旁边嚼爆米花，但你或许不介意。"

"我想邀请她来家里。"

"去你家？你知道你现在不住在家里了。"

"到这个家里来。"

"到这儿？你想带她来这儿？你知道跟陌生人讲话对我来说几乎不可能。"

"你不用跟她讲话，她是来看书的。"

"阅读是一项孤独的活动，外甥，她只会让你分心。"

"你说过阅读就像河流一样，她让我读过的书变得更好了。"

"这也许很冒险。"

"当我和卡塔琳娜读同一本书的时候，书开始自己来找我。你说过，我的心扉敞开了，正因为这样，书才能用不同的方式来阅读我。"

"我说了很多愚蠢的、错误的、没用的话，一个人不可能一天二十四个小时都很聪明。"

"你也说过王子制定规则。"

"可我们从来没提到过公主啊！"

"现在不一样了。"

"如果你已经下定决心了，为什么还要来问我？"

"因为这是你的家，我是你的外甥，我需要你跟我站在一边，不然，我找不到《疯狂之书》。"

"你到底有多需要我？一点儿，还是很多？"

"就像一个外甥需要他最喜欢的舅舅那样。"

"那还不错。你觉得她喜欢吃鱼吗？我也可以做点儿别的：漂浮的金银岛、一千零一夜蛋糕、但丁地狱现烤可丽饼……"

舅舅开始数着他能做出来的特别菜肴。

那天下午，我又回到了"如何走出迷宫"的区域。我看了一些关于走失的人的书。有一瞬间，我害怕过《文字的时钟》这本书已经从书架上消失了，但我欣喜地看到它还在那儿。

我把它拿回了我的房间，躺在床上，用了整整一下午阅读时间的迷宫。我从中学到，所有的时光都能在我们的想象中连接起来。

《疯狂之书》就遗失在时光迷宫的某处，还没有读者。正当我思考着这本书中捉摸不透的奥秘时，舅舅叫我下去吃晚饭。

我们吃了一顿海鲜盛宴：海底两万里章鱼汤、莫比·迪克煎鱼，甜点是比利·巴德海浪酥糖。

每道菜都十分可口，还有一个有趣的小故事。"菜品搭配着对话比搭配沉默更美味。"这顿饭的"作者"说道。

晚饭结束的时候，舅舅露出了微笑——他已经学会了怎样烹饪故事。

第十五章　卡塔琳娜来到图书馆

邀请卡塔琳娜来图书馆令我激动得睡不着觉，而且还有一大堆问题在我脑子里轮番轰炸：她妈妈会同意她来吗？她看了《心形河流上的朋友》吗？

第二天早上，他们一拉起卷帘门，我就去了药房。我惊讶地发现卡塔琳娜已经在那儿了。

"这儿有个员工专用的后门。"她解释道，"我们每天都会提前半小时到。"她嚼着茴香糖，连说出来的话都是香的。

我问她："书看过了吗？"

"我非常喜欢！"她的回答让我很开心，"看完上一本书以后，我以为我再也不会看书了，即使是我喜欢的书。"

我们聊到了那个森林中迷失的歌者——布鲁诺的冒险。这次她看到的故事跟我一模一样，可能是因为她太累了，没有像之前那样给书加上更多的细节。可即使这样，这也是她最喜欢的一部小说。

不知道为什么，我觉得十分自豪，就好像我是这本书的作者一样。也可能是由于我读这一本的时候比之前带入了更多的感情，因此她不必再改善什么。

我知道这个解释有点儿自以为是，但我看这本书的时候的确十分虔诚。看到卡塔琳娜露出微笑，我感到超乎寻常的自信。

她妈妈走过来的时候，这股刚建立起来的自信给了我很大的帮助。通常，有她妈妈在旁边我都会紧张，现在我却可以镇静地对她说："卡塔琳娜因为一本书生病了，又因为另一本书康复了。"

"我的女儿病好了，是因为吃了药房里的维生素。"

"昨天的那本书对她的康复也有帮助。"我坚持说道。

"那本书的确让她心情好些了，我同意你的说法。"

尽管眼前的这个女人不喜欢那本让她女儿熬夜阅读的

书,她还是把我昨天留给她的书给了卡塔琳娜。她本可以把书藏起来,可她并没有那样做。她还算是我们同一个阵营的,虽然她想给我们个教训。"你们一定要学会控制自己。"她接着说,"你们太年轻了。那些太极端的人迟早都会到药房来。"

"我们不极端,妈妈。"卡塔琳娜反对道。

"你们觉得无时无刻不在读书正常吗?我知道你们喜欢看书,可是就算是好事,如果过了头,也会变成坏事。"

"我没事,那只不过是因为一本我不喜欢的书罢了。"

"我舅舅的图书馆里有很多书,可是最重要的一本却找不到了。他想让我和卡塔琳娜帮他找找。"我看着她,盘算着我的话会有多大的效果。她的脸绷紧了,像是还没有决定好自己应该做何反应。

"我们不是去看书的,我们只是要找一本书。"卡塔琳娜解释道,"我也需要运动运动。"

"我们不是要去看奇怪的书,而是寻找一本丢失的书。"我补充道。

"什么书?"她妈妈问。

我该怎么描述连自己也不知道的东西?这就像是要我描

述火山里到底发生了什么，或者连鱼都看不到东西的深海中有什么。我鼓起勇气说："一本非常……有用的书，一本……"

"是一本能舒缓人心的书，就像我刚看完的那本一样。"卡塔琳娜打断我说，"一本治愈的书，一本关于医药的书。"

她的妈妈奇怪地看了我们一眼，我要是能知道她脑子里在想什么就好了。卡塔琳娜比我更了解她，不过她还是问道："怎么了，妈妈？"

"我想起了一件事。"

"什么事？"

"很多年以前发生的事，在你出生以前，我和你爸爸刚开这家药房的时候。"

"发生了什么？"

"你爸爸说了一句跟你刚才说的几乎一样的话。他给我看了一本医药手册。"

"什么是医药手册？"我问。

"就是收集了所有药品名字的书，你可以查到每种药的功效。"卡塔琳娜跟我解释。

她妈妈双眼盯着墙，仿佛她的过往变成了一部电影，投射在墙上："你爸爸说：'这是一本治愈的书，一本关于医药的书，我们的生活就在这本书中。'"她说着转向她的女儿，"你就是在这个药房出生并长大的。"

那时我突然想到了我在《文字的时钟》里读到的一句话："有时，时空会交错，你会重温很久以前发生的事。"

"好吧。"她妈妈说，"跟胡安去吧，但是七点之前要回来。你会管她吃饭的吧？"她妈妈问我。

"当然了，我舅舅是个很棒的厨师。"

"我怎么不知道他还会做饭。"

"这是他的新爱好。"

"难怪他买了那么多东西。"她指着街对面，一些搬运工人正从车上卸下一箱箱的蔬菜、肉和瓶瓶罐罐。提托舅舅站在门口，头发比以往更加蓬乱。

"我七点前一定回家。"卡塔琳娜说完，跟我一起过了马路。

"你跟你的爸爸一模一样。"她妈妈对着我们的背影喊道。

我们走进舅舅家，他正在签收为准备盛宴而采购的各种原料。家里的走廊上堆满了沉睡的书，我们的使命就是唤醒那本不想接触任何读者的书。

"好香啊！"身后的大门一关上，卡塔琳娜就说。

"你想吃甜的还是咸的克洛饼？"舅舅问。

"我从来没吃过。"

"这不奇怪，因为这是我刚刚发明的。"

"什么是克洛饼？"卡塔琳娜问。

"一种动物形状的曲奇饼，是因时间之神克洛诺斯而得名的。咸的会勾起过往和泪水的记忆，而甜的能带来希望和未来的甜蜜。"

"你的菜谱是哪儿来的？"我问舅舅。

"来自阿根廷的作家胡里奥·科塔萨尔。"

"我们可以尝尝吗？"卡塔琳娜问道。

"过来吧。"

舅舅带我们来到了厨房，厨房比平时还要乱，墙壁和天花板上都是面粉。

"每次试验成功后，我都会有些忘我。"舅舅指着盘子里好几百块饼干说。

"要是试验不成功呢？"卡塔琳娜问。

"那这儿就会变成一个战场，我只能向欧弗西娅的抹布和海绵投降。"

"欧弗西娅是我们的厨师。"我向卡塔琳娜解释道。

"以前是。"舅舅更正道，"现在她是清理大、中、小号碎屑的专家。要是她写一本关于打扫厨房的书，书名可以叫《炖汤的房间》。"

卡塔琳娜满脸都写着"这个人比我想象中的还不正常"。

"你想尝尝我的克洛饼吗？"舅舅问。

舅舅端着一盘奇形怪状的饼干：有的像巨大的微生物，有的像迷你版的恐龙。饼干的大小跟葡萄差不多，我一口吃了好几个，味道怪怪的。

舅舅看出了我的疑惑，说道："你同时吃了甜的和咸的，把'过去'和'未来'混在一起，就是'现在'的味道。"

"真是一种奇特的味道。"

"的确是，亲爱的外甥。'现在'的味道很奇怪，因为你无法分析正在发生的事情。只有'过去'和'未来'有确切的味道。"

我尝了一块咸的克洛饼,非常好吃。吃完后,我又尝了块甜的,味道完全不一样,不过也很可口。神奇的是,当我把两种混在一起吃的时候,它们就失去了各自独特的味道。

由于不了解舅舅说话的方式,卡塔琳娜一直在担忧地看着他。

"吃够了。"我说。

我们该去图书馆探秘了。

我把那个铃铛给了卡塔琳娜,她不可能在这个书的迷宫中立刻辨清方向。我打上了一个玛格丽塔结,是从舅舅的那本《打结大全》上学来的,我还记得舅舅当时说的"一旦系上,连上帝也解不开"。

我们决定结伴去每一个区域,每到一处,分头从两边往中间寻找。

我跟她描述了《疯狂之书》不起眼儿的样子:一本普通大小、白色的、看上去还没装订完成的书,一本伪装得粗制滥造、实际上却很了不起的书。

我们从我第一次见到《疯狂之书》的地方开始找。

卡塔琳娜对这些奇怪的区域名字感到很惊讶,还对着"长得像老鼠的东西"这个区域名笑了好久。

我们看到了各种各样的书，评价着那些引起我们注意的书名，回忆着《心形河畔的旅程》里的故事，就这样愉快地度过了半天。到了午饭时间，舅舅为了不打扰我们工作，给我们拿来了一些三明治。每个三明治都插着一根牙签，上面贴着一张字条。

前两张上面写着"鲁滨孙三明治，沉船时的最佳伴侣：内有蟹肉和椰油"，接下来一张写着"三只小猪三明治：内有熏猪肉、香肠和培根"。

我们扫视了"如何走出迷宫"这个区域的每一本书，可并没有发生什么异常，也没有书试着接近我们。

难道是我们在一起，魔法就失效了吗？还是我们用错方法了？

"我们得有耐心，就像《疯狂之书》那样。"卡塔琳娜说，"它在这个图书馆很多年了，对吗？每本书都渴望被阅读，可这本书还没找到自己的阅读者。"

"也许它不喜欢阅读者。"我说。

"它不想随便被一个人阅读，因此它得有耐心，愿意等待配得上它的读者。"

"如果是这样的话,我觉得它不喜欢我们,之前它从我的手中逃离了。"

"也许它还不够了解你。"

卡塔琳娜对我们俩如此有信心,让我很高兴。

她拿起《文字的时钟》,然后看了看她手腕上的塑料手表:已经七点了。

"我把时间给忘了。我该走了。"

我们匆匆跑出图书馆,差点儿被一只猫给绊倒(我们甚至都没停下来看看是哪只猫)。

我们到药房的时候已经七点过几分了,可是卡塔琳娜的妈妈十分通情达理。

"这就是你要找的那本书吗?"她指着女儿手上的书说。

直到这时我们才发现,因为匆匆忙忙地离开,卡塔琳娜忘了把《文字的时钟》放回去。

"我能留着今天晚上看吗?"她问我。

我当然同意了,脑海里想象着卡塔琳娜在时间的迷宫中遨游的样子。

我回到舅舅家，看到欧弗西娅心情似乎很不好。

"怎么了？"我问她。

"你舅舅太气人了，我打扫了一整天，更可气的是，他不让我做饭，而是让我大声给他念书，可又因为我读得不好而发火。于是他把书拿去，一边一手拿着勺子一边自己读，结果搞得一团糟。我不想干了。"

"别这样，舅舅需要你，我们都需要你。"

"我得考虑考虑。"她说着，双唇闭紧，嘴巴抿成了一条线。

舅舅正在厨房里喂猫。

"它们吃克洛饼吃上瘾了！"他惊呼道。

"咸的还是甜的？"

"它们喜欢混着吃，猫对'现在'的味道的感知和人不一样，因为它们有九条命。"他给它们倒了些牛奶，然后接着说，"如果你有九条命，'现在'尝起来就跟永远一样。"

看起来，象牙、黑曜石和多米诺的确喜欢把回忆味道的饼干和希望味道的饼干混在一起吃。

第十六章　时间和曲奇饼

卡塔琳娜在读《文字的时钟》时发现了重要的信息。她拿走这本书看上去像是巧合,可是我们再次证实了,一些故事总是在寻找自己的读者。这本书灰色的封皮上画着一个装满了字的沙漏。书追着卡塔琳娜,就像一只小狗追着一个路人,希望他能成为自己的主人一样。

她后来告诉我,她的爸爸妈妈也觉得这本书很有意思。卡塔琳娜在睡前给他们读了几页,她妈妈想起了在女儿小的时候,自己也常常给女儿讲故事。现在反过来了,小女孩儿给视力已经不太好的爸爸妈妈念书(他们的眼睛因为长期看药瓶上的小字,变得都不太好了)。

那天晚上,卡塔琳娜带着她的爸爸妈妈在时间的迷宫中穿梭。

突然,一句话触动了她的药剂师父母——"书不但能让我们知道书里的内容,也能让我们想起书以外的东西。"

就在这时,卡塔琳娜的爸爸叫道:"我的绿背心!"

这是怎么回事?

这是一件很神奇的事情:她的爸爸在药房里弄丢了自己的绿背心,此时他突然想起来放哪儿了。他话音未落,妈妈也激动地叫道:"我的丝巾!"

她丢了一条丝巾,现在记起是落在一个朋友家了。

至于卡塔琳娜自己,她记起了自己找了几天的红笔放哪儿了,她回到学校以后还想用那支笔呢。

这怎么可能呢?这本书是这样解释的:"当你读到跟飞机有关的内容,你就可能会想起类似的东西,比如飞机模型、天上飞的东西、鸟儿、羽毛做的服装等等。"

他们读到的内容让他们找到了一件背心、一条丝巾和一支笔。

卡塔琳娜很好奇这个发现会不会帮助我们找到《疯狂

之书》。

可事情没有想的那么简单，因为这本书一直在变换位置，就像一个住在洞穴里的土著人、一个不想归队的士兵，就像一个逃走的消防队员最后变成了纵火犯，或是一个适应不了地球的火星人想回到自己的星球。有时候，我也有同感，我觉得自己像一本孤独的书，没人能够读懂，于是开始变得疯狂起来，这样就更无人打扰了。

那天晚上，卡塔琳娜高声而专注地读着："人类为了记住自己的经历，形成了各自独特的记忆，有人甚至记得自己的第一个奶嘴。可是人不可能记得所有的事情，因此书是人类的外置记忆存储器——记忆的仓库。"

卡塔琳娜陷入了沉思。有没有一本书记得《疯狂之书》的逃亡之旅呢？

接着，一句话激起了她更大的兴趣——"我们不能忘了，记忆只存在于当下。作为阅读者一定要记得，因为有了过去才有了记忆的存在。昨天之所以存在，是因为**今天**还有人记得。"

为了强调"今天"两个字的重要性，还用了黑体。

第二天，卡塔琳娜早早就到了图书馆，她高高地举着《文字的时钟》，就像举着一支火把一样。她跟我说了很多奇妙的事情，包括"这本书帮我理解了你舅舅的饼干"。

我仔细地看着她：还是那么美丽，她的眼睛比以前更明亮了。

然后，卡塔琳娜移开了目光，仿佛看向了未来。

突然，我们听到了咯吱一声。

是从房子某处传来的脚步声。

"我们到一个安全点儿的地方去吧。"她提议说。

"家里到处都很安全。"我回答道。随后我想到了被那些黑暗中的书制服的蓝皮书，可是我什么都没说。

"我不想让你的舅舅听到我们说话。"她说。

"从这儿过去。"我提议。

我们到了放雕塑的房间，舅舅从来不去那儿。

"这些人是谁？"卡塔琳娜问。

"古代一些有名的阅读者。"

"我是说这些照片。"她走向了挂着我家人照片的那面墙。

比起那些威风凛凛的雕塑,她对照片里的人更有兴趣。

"这是我爸爸。"我指着爸爸小时候的照片说。

"他看起来像你的弟弟。"卡塔琳娜笑着说。

然后她目不转睛地看着我,把我搞得很紧张。接着她严肃地对我说:"你的脸看起来已经不像个小孩子了。"

她继续看着照片,然后突然停下来问道:"这是谁?"

在那么多照片中,她偏偏选中了我妈妈躺着睡觉的那张。

"我妈妈。"我回答。

"她真漂亮。她看起来像是梦到了什么美好的东西。我很想认识她,她在哪儿呢?"

我问她我们可不可以坐在地上说,然后我比自己想象中更平静地告诉她,我的爸爸妈妈分居了。我给她讲了有烟灰味道的土豆泥和爸爸建的桥,包括他最近在巴黎建的那座。

我轻声地说着,像是怕吵醒照片中熟睡的妈妈。

她让我接着讲,我告诉她我爸爸用我的塑料积木搭了很多很大的桥和楼房。他总能保持平衡,搭高塔搭到最后一块积木的时候,他的手从来不会抖。

"你很崇拜他啊!"她说。

在那之前,我从来没想过这个问题。我为爸爸的离开感到生气,可我也很想他,想见到他。那一刻我才意识到自己多么崇拜他,这让我感到有些困惑。

"时间的旋涡,"她告诉我,"记忆就是这样的,就好像圆圈一样,可是又不会完全回到最初的起点。"

我不明白她对时间的解释,只知道这对找到《疯狂之书》一定至关重要。

然后她起身走到房间的另一头,听了她的话,我感到平静了一些。

"这是我跟你说这些话的最佳地点。"她的脚步在木地板上发出吱吱的声音,"你舅舅做那些饼干并不奇怪。"

"克洛饼?"

"对,就是克洛饼。"

"为什么?"

"因为他只活在过去和未来,他的生活中没有现在。他的家人只存在于挂在墙上的照片里,他从来没跟其他人分享过任何东西,因此他找不到《疯狂之书》。"

"我不明白。"我坦诚地说。

"我记得《文字的时钟》里有这样一句话,"她说,"'作为阅读者一定要记得,因为有了过去才有了记忆的存在。昨天之所以存在,是因为**今天**还有人记得。'"

她摊开双手,像一个表演完魔术的魔术师那样,然后问道:"明白了吗?"

我只知道她摊开了双手。

"我还是不明白。"我说,担心她会认为我很笨。

"你舅舅不停地阅读,可是从不与人分享自己的生活。他什么都不做,他只活在记忆和想象之中,几乎没有一点儿自己的生活。"

"生活可以用'一点儿'或者'很多'来计算吗?"

"他只有想象中的生活。"

"可是他想找到《疯狂之书》,这也算是一件很重要的事情。"

"他找不到的,因为他不知道该怎么找。他的'现在'平淡无味,这就是为什么只有把他做的'过去'饼干和'未来'饼干分开吃,才会觉得好吃。"

"可这跟我们有什么关系呢?"我问。

"这跟《疯狂之书》有关系。"

"有什么关系?"

"已经写完的书是从过去来的,将要被创作的书属于未来,《疯狂之书》则十分罕见,因为它属于现在:它还未曾被阅读,它是一本即将被书写的书,当它找到一个读者的时候就能自己书写自己。这就是它所需要的,一个懂得生活的人,一个既能感知过去又能感知当下的人——一个真正的读者。"

她盯着一个胡子很长的雕塑,停顿了好一会儿,然后问:"你知道我在想什么吗?"

"什么?"

"你的舅舅对我们撒谎了。"

"撒了什么谎?"

"我觉得他见过《疯狂之书》。"

"你怎么知道?"

"只是一种感觉。他说起这本书的时候,感觉很熟悉,就像他见过一样。也许这本书觉得你舅舅并不懂得生活,因此不信任他。你舅舅有些担心,怕《疯狂之书》就像是一匹从未被骑过的野马,需要一个特别的骑手——一个能让它信任的骑手。"

真的像她说的那样吗?舅舅是不是真的曾经有机会读到《疯狂之书》,然后改变了心意,或是被那本桀骜不驯的书给拒绝了?

"你舅舅用做菜来表达自己的情绪。"卡塔琳娜顺着自己的思路继续说,"他不敢承认自己害怕《疯狂之书》,可是他的克洛饼出卖了他。你知道你舅舅需要什么吗?"

她停顿了一下,在安静中,我听到了自己扑通扑通的心跳声。

"他的生活需要摇动。"她很自然地说。

"摇动?"

"是的,有的药瓶上面会写着'喝前摇匀',因为药瓶的底部有时会有一些沉淀物,一定要摇一摇才能喝。"

"我舅舅又不是药。"

"他的生活也需要摇一摇,这样才会有更多重量、更明确的目的,才会有激动人心的事情发生。"卡塔琳娜的手像触电般飞快地挥动着,"现在是时候让他不要再像这些雕塑那样生活下去了,他得做点儿事情。"

她此刻情绪很激动,我在想她是不是应该吃一种说明书上写着"服用前先平复情绪"的药。

我没敢反驳她,在那一刻,即使我唯一的武器只是一把玩具枪,我也心甘情愿和她一起上战场。

我们来到了厨房,舅舅正在给西葫芦裹上面粉。

"你们来啦,书籍的探索者。"

卡塔琳娜的激动情绪是能传染的。我盯着舅舅的脸,用严肃得让大家都吃惊的语气说:"我们有一个问题要问你,但你必须保证如实回答。"

"是关于菜谱的问题吗?"

"不是。"

"那我不介意。我的菜谱配方是我的创作机密,除此之外,都可以让人知道,甚至能发表在报纸上。想问什么就问什么,问吧,侦探!"

"你从来都没碰到过《疯狂之书》吗?"

"嗯,严格来说……"

"你答应过一定会说实话的。"

"要是你有兴趣,我可以跟你分享一个我的菜谱,我可以牺牲一个烹饪的小秘密。你想知道怎么做楄桲酱吗?"

"《疯狂之书》长什么样子?"

舅舅沉默了一会儿,终于说道:"它有些不修边幅,就像一个女人还没梳头就上街了。对不起,我有点儿紧张。我的意思是说,它看上去像是本未完成的书,还没有印刷装订。这就是它的魔力所在:只有找到了自己的读者,它才会变得完整。"

"你翻开过它吗?"我问。

"我先喝口茶。"

舅舅把茶杯举到嘴边,大声地喝了一口。茶水顺着他的下巴流了下来,但他并没有擦,就又开口了,情绪更加激动了,也越来越没有幽默感了:"这是什么,审问吗?我犯了什么罪?"

"我只想知道你翻没翻开过那本书。"

"你为什么要问这个?"

"我想知道,它是否曾让我们家的任何一个人把它拿在手中。"

183

"这本书很滑,能很轻易地逃走。如果用运动员打比方的话,它一定是奥运会的冠军。"

"这我们已经知道了。"

"你从来没这样跟我说过话,外甥。"

"你想找到《疯狂之书》吗?"

"当然。"

"那你为什么不帮我呢?"

"我在尽我所能帮你,我给你做美味的饭菜,欧弗西娅给你洗衣服、叠袜子,我还让你带你的朋友来我家。"

"你到底想不想找到《疯狂之书》?"我有点儿愤怒地说。

"冷静点儿。"卡塔琳娜说。

然后她转向我舅舅:"我们想帮助你。"

舅舅此时脸上的表情我从来都没见过。他看上去像是要哭了。我并不是有意要让他情绪激动的,他的眼睛里充满了哀伤和依恋。他看着我,就像我坐在一艘即将起航的船上,要离他而去,只留他一个人在码头一样。

我看了一眼卡塔琳娜,她看上去很受触动。

"究竟发生了什么,舅舅?"最后,我问道。

"几周以前,你刚到的时候,我感觉自己终于要找到《疯狂之书》了。你从小就有伟大的阅读者才拥有的能力。当我确认这么多年后,你并没有变成一个无趣的普通人,而是仍然具有吸引书的能力时,我十分高兴。然后,你交到了一个新朋友,向她敞开了心扉。那时我明白了,你不仅仅是一个特别的读者,而且是一个超级特别的读者。这让我非常高兴,因为经过这么多年的尝试,终于有人能找到并阅读这本书了。可是奇怪的事情发生了。"

"什么事?"

"这很难说出口,外甥。"

"直说吧。"

"那我就直说了,我就不喝口茶把话说得好听点儿了。"

舅舅把他的大手重重地放在我的头上,用低沉的声音说:"我不知道自己是否还想让你找到这本书。"

"为什么?会发生什么不好的事情吗?"

"是的,会发生对我不好的事情。"

"什么事情?"

"要是你找到这本书,你的冒险就结束了。"

"然后呢？"

"这就意味着你在不在这儿都不重要了，意味着你会去别的地方，而我就见不到你了。"

舅舅看着我，他的眼睛第一次看上去不那么鼓了，他的脸突然看起来像一个智慧而温和的老人。他转向了我，说了一句我从来没想到他会说的话："我爱你，外甥。"他又看着卡塔琳娜说，"我也爱你，虽然我还不太了解你。我不想最后只剩我一个人。"

卡塔琳娜把嘴凑近我的耳朵，她的话像一阵微风拂过我的耳朵。"我觉得他的生活摇动了。"她悄悄说。

"你不会一个人的，我会来看你，你也可以去我妈妈家。"

"去城市里？那儿的人那么臭，而且总是在聊钱的事，狗在马路边拉屎，车也开得那么快！"

"你可以邀请我们一周来吃一次午饭。"

"你能答应我,找到《疯狂之书》以后,不会不来看我吗？"

"我答应你。"

"你想知道什么？"他把双臂交叉在胸前说道，就像我们刚开始谈话一样。

我被舅舅的话深深地打动了,甚至忘了我和卡塔琳娜一开始想要问什么。"我不知道。"我喃喃地说道。

好在卡塔琳娜还没忘记我们要问什么:"我们想知道你翻没翻开过《疯狂之书》。"

"翻开过一次,那是一次绝好的机会,可惜我没把握住。"

卡塔琳娜问:"发生了什么?"

"我很害怕。"

"为什么?"我问,"那是一本恐怖的书吗?"

"比那更可怕。"

"什么?"卡塔琳娜和我同时问。

"是一面镜子。"舅舅咽了一口口水,"我仿佛在看镜子中映出的自己。我曾跟你说过,书就像镜子一样,可这本不一样:它是给勇敢者读的,那些人愿意沉浸在一本书中,被它吸引,与书中的情感产生共鸣,就像他们自己在写这本书一样。"

"你是不是看了一点儿?"卡塔琳娜问。

"我没看。我只看到了书的白色纸张,就知道这本书是在写我。我害怕在书中认出自己,害怕迷失在一页页书中,害怕了解真实的自己。我立马就把书合上了。"

"然后呢？"卡塔琳娜问。

"然后书就消失了。我不配做它的读者，我再也没见过这本书了。"

卡塔琳娜说对了，舅舅害怕真实的事情发生在自己身上。

"你是在哪个区域找到它的？"

"我记得是在'无声的机械'那个区域找到的。你知道我很讨厌声响，我想找找看有没有不出声的搅拌机来替欧弗西娅切菜。《疯狂之书》就在那儿。后来我意识到为什么自己在那儿看到了它：一本书就是一台机器，一个运转时不出声的机械。"

"你觉得它会不会又回到那儿了呢？"卡塔琳娜问。

"很有可能，书都是很执着的，所以它们能成为经典。"

"你去过那个区域吗？"卡塔琳娜问我。

"去过一次。"

"发生了什么吗？"

"我喜欢汽车，可是对机械没什么兴趣，所以只是略略地看了几眼。"

"没看到什么奇怪的东西吗？好好回忆一下。"

"要不要我给你拿一块咸的克洛饼？"舅舅提议。

"等等！"我惊呼道。

"怎么了？"舅舅的眼睛又鼓了出来。

"的确发生了一件奇怪的事情，那个机械区域有些关于马力的书。"

"这没问题，外甥。我猜你不是想跟我们说这个。"

"没错。我正要离开，一本书掉到了地上，于是我把它捡起来，放回到书架上。"

"然后呢？"舅舅离我很近，我都能闻到他蹭到脸颊上的番茄酱的味道。

我像说梦话那样，一字一句地说道："那本书叫《没有马蹄钉的马力》。"

"这当然了，外甥，不然你以为呢？机械是没有马蹄的。"

"可是没有马蹄钉的马是野马，"我说，"没人能骑，也未被驯服。"

"就像《疯狂之书》一样！"舅舅说，"这本书是在给你暗示。"

"哦，现在我明白了。"我惊讶地说道。

"我们去那儿看看吧。"卡塔琳娜大声说出了我们共同的心声。

第十七章　无声的机械

我们到了"无声的机械"这个区域，卡塔琳娜到了房间最里面，我则待在门旁边。我们决定按照书名和作者一本一本地依次找，直到我们成功捕获猎物为止。

过了差不多二十分钟，什么东西突然响了，听起来像是管道隆隆的声音，也可能是房子某处什么仪器的声音。一开始我以为是舅舅在用搅拌机，可响声持续了很长时间，不可能是搅拌机。

我看了看我面前的书架，奇怪的是，它似乎在震动，像是房子下面有地铁驶过。可是这个城区没有地铁。

在房间的那头，卡塔琳娜的眼睛闪着光，她的表情就像是目睹了一件非常有趣可是随时会变得很危险的事情。她招手示意我过去。

我走了几步，然后神奇的事情发生了。那并非响声——仿佛空气都凝固于此，仿佛寂静是听得见的，又仿佛房间里的某种能量就要炸开了。

卡塔琳娜给我看了手中的《文字的时钟》，她到现在都没有放下那本书。

她竖起食指放在嘴唇前，示意我不要出声，然后给我看了她刚找到的一本书——《调整时间》。我一开始以为这本书放错区域了，打开后才发现这本书也是跟机械有关的。这本书里写了怎么调整机器的频率。我从没听说过机械会与时间不合拍。

卡塔琳娜让我把书放回书架上，然后把《文字的时钟》放到旁边。响声立马就停止了，她神秘地笑了。然后她示意我们离开房间。

"刚刚发生了什么？"我问她。

"这是个好兆头。我们到了以后，书开始变得躁动不安了。你注意到那个响声了吗？"

"当然注意到了。"

"听起来就像机器马上就要启动了,好像我们就是它们所需要的燃料。"

卡塔琳娜似乎比我更明白这个图书馆的奥秘。

虽然已经过去很多年了,我还记得她那天穿着一件蓝色的衬衫,领口上绣着黄色的星星,我不会忘记那一刻的任何一个细节。我抑制不住内心的好奇,问道:"你为什么把《文字的时钟》放在那儿?"

"我们得给它们一个信号。你舅舅告诉过我们,书与书之间是有交流的。现在这两本书放在一起了:一本是关于人类的时间的,另一本是关于机械的时间的。我们就等着看会发生什么吧。"

"你觉得会发生什么?"

"《疯狂之书》一直都很安静。你还记得心形河流里的那条蓝色鳟鱼吗?"

我怎么会忘记?那是我最喜欢的一个情节。埃里斯托和玛丽娜坐着一条独木舟钓了整整一下午的鱼。在回到营地前,他们看了看自己的收获:很多寻常的鱼。所有的鱼都很小,根本做不出来一道菜。然后他们意识到，这些小鱼对他们来说没什么用，可是对深水中的鱼来说，却是极好的美味。他们钓的鱼填不饱肚子，可是完全够他们想要钓到的大鱼饱餐一顿了。于是他们马上把小鱼挂在吊钩上，再把鱼钩沉到水底。几次之后，他们钓到了一条非常罕见的体形巨大的蓝色鳟鱼，它的肉十分美味。

有时候你钓到的鱼可能很不起眼儿，不过你可以用它来钓更多的鱼。一个好的渔夫会用钓到的小鱼作饵，去钓更大的鱼。人际交往也差不多，你需要认识足够多的人，才能遇到你真正想找的那个人。

"《疯狂之书》就像那条蓝鳟鱼。"卡塔琳娜解释道。

"你把《文字的时钟》放在那儿作诱饵吗？"

"对，它应该能认出这本书。"

"那你为什么让我们离开房间？能看到书移动应该很刺激吧。"

"一定壮观极了。可是你舅舅说了，书不希望我们看到它们移动。你很快就能看到一本不知道怎么到那儿的书了。"

"当然了，要是它们在光天化日下移动，人类一定会感到害怕,甚至把它们当作靶子。人类会把它们当作猎物,就像猎取野生动物那样。人类什么事情都做得出来。"

"我们去看看发生了什么吧。"她说道。

我们再次进入了寂静的房间,慢慢向放着《文字的时钟》的书架走去。

就在这时,有一个女孩儿的声音叫道:"小胡安!"

是卡门,她终于来了。欧弗西娅提着一个重重的行李箱跟在她后面。妹妹手里全是毛绒玩具,那只叫小胡安的玩具也在其中。

"这是谁?"卡门问我。

"她是卡塔琳娜,我的新朋友。"

"你好。"卡塔琳娜用愉悦的声音说道。

"影子俱乐部就在这儿吗?"卡门问。

"什么是影子俱乐部?"卡塔琳娜好奇地问。

"一个只能晚上去的地方。"我回答道。

"是在这座房子里吗?"妹妹追问道。

我想起了放盲文书的房间,于是说道:"是的。"

"太好了!"卡门十分高兴,"你能带我去吗?"

"当然能。"我回答道,尽管我不确定自己能否遵守诺言。

"我来给你介绍一下我的新玩具吧。"妹妹把她的毛绒玩具放在书架上,把一些书挤下了书架。

这时,舅舅走进了房间,手里拿着一个放大镜:"不要动那些毛绒玩具!我得先检查一下它们干不干净。"

"我上个星期刚洗过。"卡门说。

"那也不行,我得一个一个地检查。卡塔琳娜!"

"嗯?"

"我知道你对治病很有经验,能不能请你帮我检查一下这些病人。"

"它们不是病人!"卡门大叫道,"它们是我的小动物!"

"可是,亲爱的外甥女,它们的耳朵后面和一些其他不容易清理的地方可能藏有细菌。我们开始吧!"

舅舅让欧弗西娅把毛绒玩具排成一排,然后从口袋里掏出另一个放大镜递给卡塔琳娜。他们仔细检查了毛绒玩具的耳朵、眼睛、爪子、下巴和鼻子,并没有发现什么异常。

舅舅对检查结果很满意。"这些毛绒玩具很健康!"他大声宣布。

卡门给我介绍了那些我之前没见过的玩具：一只肚子疼的兔子、一只神经紧张的野兔，还有一只像我们的妈妈一样容易头痛的乌龟。

"在这儿，它们什么病都会好的。"我告诉卡门。

她给了我一个拥抱，我注意到，几个星期不见，她长高了一点儿。

我帮着收起了毛绒玩具。欧弗西娅一只手竟然能拿七只，这让我很惊讶。

我看了一眼卡塔琳娜，顿时起了一身鸡皮疙瘩。

她那本来就很大的眼睛现在睁得更大了。

她在看我身后的什么东西——一个很重要的东西，因为她突然变得激动不已。

我转过身，看着出现在我眼前的东西，我想，要是自己能拥有那把跟大白鲸莫比·迪克战斗过的亚哈船长的鱼叉就好了。当然，引起卡塔琳娜注意的并不是一条鲸。在书架的上面一格，我看到了那个让她呆若木鸡的东西：一本几分钟之前还不在那儿的白皮书。它的封皮是软的，像是还没装订完成。这就是那本从未被阅读过的书。

我赶忙走向书架。舅舅看到了这一切,尖叫了一声。欧弗西娅手里的玩具全部掉到了地上,卡门绊了一跤,而我又被她绊倒了。当我终于走到书架前的时候,那本书已经不在那儿了。

《疯狂之书》又一次消失了。

那天晚上我难以入睡。我听到了隔壁妹妹的卧室里的响动。午夜的时候,她来到我的房间,让我带她去影子俱乐部。

我告诉她今天晚上不行。

她想在我的床上睡,但我不想跟她睡一张床,因为她常常梦见自己会飞,然后就把手臂张开,占满一整张床,这会让我没办法睡着。再说,我已经是大人了,不能再跟小孩子睡一张床了。

"我们去你的房间吧,我会陪着你入睡。"我对她说。

"我不困。"她回答道。

她总是这么说,但我带她回到房间,她五分钟就睡着了。

我回到了自己的房间,现在,我清醒了。我很羡慕卡门入睡和适应环境的速度。

我满脑子都是《疯狂之书》。

我们还有机会抓到它吗？虽然我们这次失败了，可是就差一点儿了。

我一动不动地躺着，听着房子发出的噼噼啪啪的声音，直到我意识到这可能只是我脑海中想象出来的声音。

我睡着以前最后一次看钟，是凌晨三点。

我又梦到了那个猩红色的房间，这次却发生了跟以往不一样的事情。我听到走廊另一头传来的哀叹声，于是踩着沉重的铁靴子走了过去。我进入了那个有着红墙的房间，听到了房间一角传来的声音，像是一个女人在哭泣。我朝着那个方向走去，看到了一个用布包着的东西，包裹小小的，我却抱不起来，因为它比我的铁靴子还要重。我试着把它从布里抽出来，可是也办不到。这个包裹没有结，也不知道能从哪里打开，可里面确实有个东西在哭。

我跪下来，轻轻地摸了摸这个包裹，感觉像是一本书。神奇的是，我一弄清楚它的形状，包裹马上就变轻了。于是我把它抱了起来。

一本书哭的时候，你应该做些什么呢？有什么办法可以安抚它呢？

我环顾整个房间，发现了一扇我之前没有注意到的门，门上有三把锁，好在每把锁上面都有钥匙。我打开了门，被一道闪烁的强光晃得睁不开眼睛。房间里是夜晚，而门外却是阳光灿烂的白天。

猩红色的房间外面是洒满温暖阳光的草坪。阳光穿透了布包裹，里面的书停止了哭泣。

我走上了草坪，感觉到了踩在脚下的青草。我的铁靴子不见了。那块原本看不出是什么颜色的布，变成了红白相间的格子布，就像桌布那样的。我试着把它打开，可还是不行。

我走上了小丘，坐下来看着下面的风景。我想起了那张妈妈在草坪上睡觉的照片，于是也躺在了草坪上，沉沉地睡了过去。我在梦中又睡着了。那一刻，我真担心自己醒不过来，可又转念一想："我能醒过来，因为我是在自己的梦中，我能决定接下来要发生什么事。"我睁开了眼睛，就像一下子醒过来两次一样，一次在梦里，一次在梦外。

我正躺在床上，在提托舅舅家里。

我试着再次入睡，想回到梦里的那片草坪上看看那本神秘的书是怎么回事，可是进入一个梦境比逃离一个梦境难多了。

不过，我现在比以前任何时候都更为平静，这是我第一次成功离开那个猩红色的房间。更重要的是，我还成功地拯救了一本书，一本像小孩子那样哭泣的书。

也许那本书想要被认领，也许离开猩红色的房间来到草坪上以后，它长大了，不再是小孩儿了。

要是我再做这个梦，我一定会带一把剪刀，把布剪开，看看里面包着的是一本什么书。

可是我的计划没能实施，因为我再也没梦到过那个猩红色的房间。

我对那个梦境的恐惧消失了。与此同时，那本从未被阅读的书中到底写了些什么，令我越来越好奇。

第十八章　曲折的射线

我以为妹妹在舅舅家一定会觉得无聊，可是事实正好相反。她喜欢带着她的毛绒玩具去厨房，然后在每一个动物的脖子上系上餐巾，陪着舅舅待上好几个小时。

舅舅需要一个人给他念故事，这样他就能发明新的菜谱，于是卡门变成了他的助手。多亏了他们的无间配合，舅舅在听了卡门念《爱丽丝梦游仙境》以后，我们才享用到了美味可口的"迟到的兔子"。

在舅舅和卡门把故事变成菜谱的同时，我和卡塔琳娜在"无声的机械"这个区域仔细地寻找，可是在上次的成功之后，我们再也没有找到《疯狂之书》的踪迹。

这时，卡塔琳娜说了一句让我意想不到的话："我想药房了。"

这也很正常，毕竟她假期的时候一直在那儿工作，她的爸爸妈妈也在那儿。但是这也可能有另一层可怕的含义：她已经打算放弃寻找了吗？

于是我建议暂时不找《疯狂之书》了，先找找看还有没有其他关于心形河流的书。

她同意了，可要找到那些有可能出现在家里任何地方的故事书并不容易。

到晚饭时，我们已经很累了。饭菜的香味稍稍抚慰了我们。我问舅舅："为什么心形河流的故事书没放在同一个地方呢？"

"这些书喜欢让读者在意料之外发现它们，它们是书中的猎人。"

"而《疯狂之书》却不想被捕获。"

"对。"舅舅说，"书喜欢读者用跟书里的情节类似的方法找到它。心形河流上的冒险发生在森林里，在那儿你需要钓鱼、打猎，所以它们希望读者把图书馆当成一座原始森林，一本一本地找，直到每一部都被寻找到。你不要忘了，书是用树做的，所以图书馆也可以被看作是一座森林。"

"如果我们知道《疯狂之书》里写的是什么，那我们也就能用类似的方式找到它。"我说。

"当然可以，外甥，可是我们并不知道里面写了什么。"

第二天，我担心卡塔琳娜不会再来这里了，所以当我听到门铃声的时候欣喜若狂。她满腔热情地要找到一本关于心形河流的书，还给我带了一颗茴香糖。

我们决定分头寻找。我想把铃铛给卡塔琳娜，可是卡门把它系在了一只毛绒兔子身上，据她说这只兔子很容易生气。"如果我把铃铛取下来，它会非常伤心的。"妹妹告诉我。

我很不高兴。妹妹太幼稚了，她的任性会让我们什么都做不成。这儿又不是一个玩具店，这是一个图书馆，里面藏着一本无与伦比的书。

为了让我冷静下来，舅舅想到了一个补救的办法：他给了卡塔琳娜一面铃鼓，要是她迷路了，可以敲铃鼓召唤我们。手里拿着一面铃鼓在图书馆里走来走去实在有点儿荒唐，但也算是个有效的办法。

在心形河流的故事中，我学到了在紧急情况下，人不能太计较细节——如果一只袜子能用作绷带来止血，那你就不应该抱怨这只袜子很臭。

大概下午两点钟左右，我听到了铃鼓的响声。

声音是从楼上传来的。

很多事情都巧得让人捉摸不透。当卡塔琳娜跟我分头找书的时候，我觉得她在整个房子里逛来逛去都很正常。可当我听到铃鼓声，并循着声音走去时，我突然莫名地担心她会在图书馆的那个地方。

图书馆那么大，我却沿着走廊走向了那个锁着邪恶的蓝皮书的房间。好在卡塔琳娜并不在那个房间里，而是在走廊上等我。

"你猜怎么了？"她说。

"怎么了？"

"我找到那本书了，就在地上。"卡塔琳娜指着地毯，上面散落着各种各样的书，正是我藏在走廊里的时候不小心碰掉的书！可那时我并没注意到这堆书中有我们喜爱的冒险故事。

我清清楚楚地记得那个深夜的情景：舅舅从我身边走过，一边抱怨着欧弗西娅没尽到职责让家里保持整洁，一边埋怨着是谁没有把书放回原位。有趣的是，这些书中的一本就是我们一直在找的《心形河流上的午夜》。

我提议去我很喜欢的蕨草房间看这本书。我们坐在柔软的沙发上，第一次同时看一本书。

"好了吗？"为了确保我们的速度一致，她每看完一页都会问我。

在这一部中，所有的情节都发生在夜晚。书里写的是一种被偷盗者埋在山坡上的罕见的放射性物质。一队护林员到这个区域来搜寻，向鹰之眼和埃里斯托、玛丽娜寻求帮助，他们已经因保护森林而名声在外了。

护林员解释说，有一种放射性物质从一个发电的核反应堆中消失了，这种物质非常珍贵，因此盗窃者索要了大笔赎金。护林员从找到的线索中推测出这些物质被藏在了森林里，他们能通过一种特殊的眼镜探测到它散发出的绿光。虽然这些物质被放在了一个金属盒子中，但它发出的强光能在黑夜中刺穿金属盒。即使盒子被埋在地下，它仍然能放出穿透到地面上的绿色电波，虽然只能持续几秒，但仍然有可能被敏锐的眼睛捕捉到。

森林太大了，想要找到那个金属盒子需要很多双眼睛一起全神贯注地搜寻才行。鹰之眼能在森林最黑暗处看到五十米开外的一只小猫头鹰，可寻找那个放射性物质比这还要难。

最可怕的是，如果不能及时找到，这种物质就会污染森林的生态。放射性物质会影响所有的野生动物，还会生出怪异的生物：三条腿的鹌鹑、蓝色的熊、失明的鹰……

我们急匆匆地读着故事，很快就读到了埃里斯托和玛丽娜在午夜森林里搜寻的情节。他们突然看到了一道绿光。

就在这时，书上的句子仿佛晃动了起来。我以为是看书看得太久，眼睛有点儿累了，于是使劲揉了揉眼睛。当我再次睁开眼睛的时候，埃里斯托和玛丽娜正踩着枯叶向闪烁的绿光移动。他们已经找到污染森林的放射性物质了。

我看了看卡塔琳娜——她正闭着眼睛。

"怎么了？"我问。

"我看到书上的字动了，然后看见了一道强光。"

我也看到了一道绿光——我们看到的是一样的吗？

"什么颜色的?"我问。

"绿色的。"她回答。

在绿光后面,文字似乎正在从左向右移动,仿佛在我们阅读的同时,句子正一个字一个字地被印出来。但我看不清它们说了什么,因为光线太强了。

几秒钟之后,书恢复了原样。

"我也看到光了,书被照亮了。"

"跟我看到的是一样的。"

我们继续读了起来。

埃里斯托和玛丽娜找到了埋得很深的金属盒子(它的放射性极强,细细的光束蜿蜒地穿过土壤,射向地面)。

他们跑去找鹰之眼,然后用狼嚎声唤来了护林员。

在书的最后一部分,一队穿着特殊服装、戴着手套的专家挖出了污染物质,并小心地处理了这个盒子。他们把盒子用绳子缠好,绑在一架直升机上,带回了发电厂。

我们非常喜欢这个故事,可是更好奇书上的文字为什么会移动、发光。我们刚才经历了什么?书闪着光,好像里面真的有放射性物质一样。

我们又翻到书的一百九十八页，可这一次并没发现什么可疑之处。书上的文字也像一塘平静的池水一样，纹丝不动。但我们都知道，再平静的水面也能泛起波澜。

蕨草房间里夜幕降临。透过天窗，我们看到了像一牙西瓜一样的弯弯的月亮。

卡塔琳娜又给了我一颗茴香糖，然后我们静静地待了一会儿。我们都在思考这本书中刚才出现的奇怪现象。

茴香糖在我们口中化完以后，我们起身去找舅舅。

我们找到他时，他的眉毛以下都裹满了面粉，正站在一台没有打开的风扇旁边。

"还有什么比这更糟的吗？"他说，"简直难以置信！"他指着同样被面粉覆盖的妹妹和她的毛绒玩具。

"怎么回事？"我问他。

"我打开了电风扇，结果就这样了。"

我抬头看见好几百颗樱桃粘在天花板上。

"谁说做饭能让人放松的？"他气愤地说。

这一切却让卡门觉得很有趣，因为她又能在浴缸里装满热水，给她的小动物好好地洗个澡了。

舅舅还是那样笨手笨脚地擦了擦脸，他忘记了擦眉毛，所以眉毛上还是粘满了白白的面粉，直到一只蚂蚁爬上去找吃的，他才意识到。

"我要去洗洗我的眉毛，等下就回来。"舅舅说。

等他终于收拾干净了，才端着一杯茶走过来，听我们要说些什么。

他聚精会神地听我们讲着那本书发光的事情。

我们讲完后，他沉默了好一会儿，然后说道："你们刚刚体会了阅读的能量。文字能散发出能量——这就是为什么你们会看到书发光。你们俩一起阅读，让书的能量加倍了。我很惊讶书竟然没有被点燃。"

"故事里的人物找到放射性物质的时候，书发光了。"我解释道。

"当然了。"舅舅回答，"你们很激动，很想看一看会发生什么。当你阅读的时候，你看到的不是一个个文字，而是文字所描述的事物，比如一座森林或一座房子变成了图书馆或者药房。书就像镜子和窗户一样，里面充满各种图像。"

就在这时,卡塔琳娜看了看时钟。

"我得走了。"卡塔琳娜说。

"你走之前,亲爱的,我得告诉你们一件事。"舅舅对我们说。

"什么事?"我问。

"刚刚发生的一切至关重要,那本书还想传递更多的信息。"

"什么信息?"卡塔琳娜问。

"伟大的故事会让你想起自己的故事。《心形河流上的午夜》写的是埋在森林里的危险物质,森林里一定不能有这种东西。一本书就像一个池塘:表面上有一个故事,更深处则有另外一个故事。你们有没有想过,你们所读的故事背后其实另有深意?"

"故事背后?"

"故事背后还有另外一个故事——一个类似的,不过是关于你们自己的故事。有没有什么是你们必须在夜晚摆脱的东西呢,就像那个差点儿毁掉了整座森林的有辐射的东西?"

我想起了梦中那个猩红色的房间,还有那本被我带到草坪上的书。我把那本书从悲伤中拯救出来了，同时我也终于从哭泣的书中解脱了。

"可能真的有一个东西。"

"是什么？"舅舅问。

"我不能告诉你。"我回答。

我又想到了那本蓝皮书，它还在这座房子里，我得把它拿出去，因为对我们来说，它就是那个放射性物质，虽然我们看不见，但其他书能感知到一种邪恶的气场从中散发出来，就像是那道曲折的绿光。只要那本有害的书还在我们中间，《疯狂之书》就会一直不信任我们。

卡塔琳娜和舅舅盯着我，可是我并没有提到任何关于蓝皮书的事情，我不希望让任何人去对付它。我也不知道为什么自己会这么做，我猜是因为有的时候我们必须为身边的人付出而不被察觉。

我必须把这件事做完，不能让敌人存在于我们中间。即使它现在被影子之书控制着，也必须将它赶出去。

"你怎么了？"舅舅问道，我的沉默让他很吃惊。

一定是我的表情出卖了我此刻大胆的想法。

"有一件事我必须独立完成。"

卡塔琳娜困惑地望着我说:"我能帮你吗?"

"我有一个麻烦必须要解决。"我心里突然充满了自信。

"你'有一个麻烦必须要解决'?外甥,你能说得更清楚些吗?"

"不能。"

那个"麻烦"裹着蓝色的书皮。

第十九章　影子俱乐部

那天晚上，我没有换上睡衣。我在房间待了很长时间，直到听不到任何其他响动，只剩下这座老房子发出的咯吱声，就像是在回忆所有在走廊里走过的人的脚步声。

我必须单独行动，舅舅绝不能靠近那本邪恶的书，因为我已经知道他比我更禁不起考验，我也不想让卡塔琳娜冒险。

在心形河流的故事中，埃里斯托和玛丽娜在森林中常常需要决定走哪一条路，当有两个选择的时候，他们会走不同的路，各自去面对路途中的危险。当其中一个人遇到困难时，另一个会前去营救。

这次我也要做一件类似的事情。如果蓝皮书伤害到我，或是让我发疯,其他人可以接着去寻找《疯狂之书》。

我打开门,正要独自去完成任务,却看见卡门坐在走廊里。

"我一直在等你。"她说。

她把那个叫小胡安的玩具夹在一只胳膊下。

"你是要去影子俱乐部吗?"她问我。

我应该对她撒谎吗?妹妹用充满信任的眼神看着我。

"你的小动物晚上需要你照顾它们。"为了争取些时间,我给自己找到一个好的理由,我对她说。

"它们刚选举出了一个总统,兔子小卡班当选了,它同意我跟你一起去。"

在卡门的幻想世界里,她想做什么就能做什么。

我找不到理由阻止她跟我一起去,于是我说了一句那天晚上我怎么也没想到我会说的话:"好吧,你可以跟我一起去。"

我拿上了一个从家里带来的手电筒(我知道我不是来露营的,可是把它带来会让我很有安全感),踩着每三步就会咯吱响一声的木地板,向那个房间走去。妹妹一手牵着我,一手拿着小胡安。

她一路上惊叹连连,因为我熟知这座偌大的房子里蜿蜒曲折的走廊、高低不等的楼梯和挡住我们去路的书架。

我们朝着图书馆的一头走去,那里的空气闻起来像已经尘封多年一样,接着我们来到了灰尘比空气还多的房间。在木地板最凹凸不平的走廊里,我们闻到了一股夹杂着兴奋和恐惧的奇怪气味,闻起来就像是一个从过去穿越而来的生物,像是一条龙。

我们在储藏影子之书的房间门口停了下来,外面黑暗的夜色中传来了一声猫头鹰的嚎叫,房子里某处的时钟也在嘀嗒作响。

这附近有猫头鹰吗?是我自己想象出来的,还是那声嚎叫其实也是时钟发出的?我脑子里的问题一个接一个。

为了让自己平静下来,我告诉卡门我们的曾外祖父和舅外祖父都是盲人,还给她讲了影子之书和蓝皮书的故事。

"那些正义的书看守着它。"我补充道。

"那是本有魔力的书吗?"她问。

"是一本邪恶的书。"

"你会把它毁掉吗?"

这是个很好的问题,可我还没考虑过。我知道自己即将面对的东西非比寻常:我把一本不属于这个图书馆的书留在了这里,有这样一个危险的囚徒绝非一件好事。

"你要把它烧了吗?"卡门追问我。

这时,我想起了《心形河流上的午夜》中的一段。埃里斯托问护林员能不能毁掉放射性物质,以免它造成麻烦。他们告诉他:"这只会造成更大的损失,这样会污染整个森林。"接着,鹰之眼说:"如果你发现一棵树得了传染病,最坏的做法就是把它烧掉。为了解决掉一棵树,你可能会引发一场足以烧毁整个森林的火灾。"玛丽娜总结道:"树跟书是一样的:要是你烧一本,就要承担烧毁所有书的风险。"

人们不能毁掉任何一本书,不管它多么邪恶,即便它是窃取和毁掉其他书的盗窃之书。

心形河流上的冒险故事给了我线索,帮助我解决了自己生活中的问题。"我不能毁掉那本有害的书,可是我必须让它离开这座房子,就像我在梦中的猩红色房间里做的那样。"

我想。对，就这么做。

对自己的计划有了信心后，我打开了房间的门。我紧张得忘记了关手电筒，这让影子之书极为不悦，两三本沉重的书掉了下来，砸中了我的脖子。手电筒从我手中掉落下来，灭了。我听到了身后的关门声，然后便再没有别的动静了。

"胡安？"妹妹叫道。

房间里黑得让我完全看不见她，我向她走去，却被地上的一本书绊倒了。

我终于摸到了一个毛茸茸的东西，以为是小胡安，可它却长着尖尖的耳朵。

"我还带了安德里斯。"卡门解释道，"它是自己藏在我睡衣里的。狐狸特别聪明，安德里斯又是狐狸中最聪明的一只。"

在黑暗之中，卡门把手伸向了我。

爸爸离开家以后，这是我们感到最孤单无助的一次。

"我们现在要做什么？"她问。

对于我们该做什么，我也毫无头绪，我只知道一件事：我们不能害怕。我心中有一种强烈的预感，我感觉未来的一切都将与此刻紧密相连。如果我们连战胜那本邪恶的书这么伟大的事情都能做到,那就证明我们有极大的勇气,而这种勇气将永远与我们同在——即使爸爸去了很远的地方,即使妈妈经常抽烟,还会为每件事情担忧。

"我会照顾你的。"我告诉卡门。

"你也会带我去巴黎吗?"

"会。"

"我们会看到爸爸建的那座桥吗?"

"会。"

"然后我们会一起回到妈妈身边吗?"

"会。"

"你也会学开车,这样妈妈就不会撞车了吗?"

这一刻,我会答应妹妹的一切要求,我什么都愿意为她做。

在这无尽的黑暗中,我们真的能找到那本被诅咒的书吗?我试着适应眼前的黑暗,可却只能看清书架的形状——像是黑色的骨架。

"我们得向前走。"我突然说。

我把卡门的手捏得太紧了,她说:"你得照顾我,但别捏扁我。"

我们向前走了几步。我能辨别出书架的位置,可以在它们之间穿行,但我并不知道我们前进的方向。

随着我们渐渐进入房间的深处,我闻到了书页好闻的气味,感觉平静了许多。这气味闻起来不像是来自老旧或是尘封已久的书,而是书页被悉心照顾的、正在休息的书。

我看不懂那些书,可是它们已经向我证明了它们是我的朋友。我的曾外祖父和舅外祖父都读过这些书。我还记得,一些最好的阅读者也是盲人。对他们来说,书是只存在于他们想象中的珍宝。用手指的触觉来读书是一种什么感觉呢?我来到一个书架前,拿起一本书,翻开一页,触摸着上面凹凸不平的符号。我感到身体一阵酥痒,伴随着一种奇怪的感觉,仿佛这本书也在读我。每个人的指纹都不一样,那么对这些书来说,每个阅读它们的人也都是独一无二的。

我曾想象过我有一群聚集在夜晚的隐形朋友,可从未想过这些朋友就是书。现在我知道了。每本书都在沉睡着,直到被某个读者唤醒。每本书中都住着作者的影子。

当我正陷入沉思的时候，一个书架移动了一点儿。

"别害怕。"我告诉卡门，"有时候书掉下来是为了帮你搭成阶梯……"

我还没来得及说完，两三本书又掉到了地上，然后它们开始一本接着一本地掉了下来。

书开始往下坠落。因为我到过那儿，我知道它们掉落下来都是有目的、有规律的。掉落的书形成了阶梯，我顺着阶梯前行。我小心翼翼地踩上了第一本书，可是感觉到这些书都十分匆忙，于是牵着卡门的手加快了脚步。

一脚踩在空中，并且知道脚下会出现一级台阶接住你的脚，是一种奇妙的感觉。阶梯在我们往上爬的同时搭了起来。

我们一直往上爬，直到感觉到了一丝清风。离屋顶很近了！我看到了那个我曾经爬过的窄窄的通道和入口处的缝隙。一轮银色的月亮悬在空中。

我准备顺着书搭成的阶梯从通道离开。可是我却突然感到十分着急，就像忘了关热水龙头一样。因为我忘了最重要的一件事：找到盗窃之书！

我正要往回走，卡门对我说："是这个吗？"

"什么？"我转过身看着她。

"你看——最后一级台阶，是一本蓝色封皮的书。"她指了指那本在通道前的缝隙处映照在月光下的书。

这些书连同它们的对手一起把我们带到了出口，就像在请求我们把它带走一样。我们必须照做。

我坐在通往窗户的通道边缘，想拾起那本书，可它非常重。我让卡门帮我，我们俩合力拽住了书的封皮，费了好大的力气才搬动它。

书渐渐地变轻了，当我们爬到窗户边时，它已经只有一本普通的书那么重了。我抱着它沿着梯子爬下去，来到了花园里。

卡门跟在我后面。

我没想到我们在影子之书的房间待了那么长时间。月亮在我们头顶上渐渐融化了，黎明开始降临。天空慢慢变成了一大片粉红色，中间掺杂着透明的蓝色纹路。

我们成功了！我们把那本邪恶的书给带出来了。

"我把小胡安忘在里面了！"

她总是这样：丢三落四，经常迟到，老得上厕所，要不然就是丢了什么玩具得回去找。有个妹妹就意味着有各种各样的麻烦。

"安德里斯呢?"我问。

"狐狸很聪明。"她说着给我指了指那只毛绒小动物,"小胡安是我的动物中最笨的。"

我瞪着她,因为这个玩具的名字跟我一样而感到不高兴。

"但它也是我最喜欢的!我们得再回影子俱乐部一趟。"

"我们得先处理掉这本书。"

"你要把它放在哪儿?"

我从来没想过该把这本只会伤害其他书的书怎么办。突然,就像上天听到了我的想法一样,我听到了铃铛声。

"你听。"我对妹妹说。

我们仔细地听着:这既不是我在图书馆里用的手摇铃,也不是教堂的钟,它听上去个头儿不大也不小,像是一个中号的铃铛。

原来是垃圾车上的铃铛!

我们没带大门的钥匙,出不去。

该怎么办呢?

你试过爬上藤蔓、翻过栅栏吗？如果你觉得这很难，那么再试试背上绑着一大本书往上爬，因为我就是这样翻过去的。

这个主意是卡门想出来的。她脱下睡觉时穿的绒线衣（她要是不穿着它就会梦到自己在北极），然后用它把书绑在我的背上。我已经提到我们到了外面以后，书变得轻多了。它似乎也想逃离这里，因此自己变轻了。可即使是这样，绑着一大块东西爬藤蔓也并非易事。

铃铛声又响了，这次声音比之前更近了。我知道垃圾车会在每个角落停留一会儿，同时一个戴着脏兮兮的黄手套的男人会在街上走来走去，通知人们垃圾车来了。

我只有十到十五分钟的时间翻过栅栏，跳到街上，再跑到垃圾车那儿。

可这时，我被藤条缠住了，感觉有什么东西绕住了我的脚腕。可能是舅舅种的一种特殊的藤蔓，为了防止小偷翻过栅栏。

正当我要放弃的时候，我感觉有什么东西推了我一把，并不是很用力，只是轻轻的一股助力。我看到上面有一根树枝，于是紧紧地一把抓住了它，然后藤条就自己缠绕在了我的手腕上，我借力把身体拉了上去。这时我已经明白了应该怎么往上爬。要是我用脚，像踩着阶梯那样，藤蔓会把我往下拉；可要是我的手用力，就能借着蜿蜒的枝蔓爬上去。

在心形河流的故事里，我学到自然有自己的规律——那是一种理解它们的正确方式。我一直在用错误的办法往上爬，可现在我发现了正确的方法。

还有，我必须要说一件多年后仍然让我无比惊讶的事情：那本邪恶的书也在帮助我。那股轻微的助力就来自这本书，像是它在鼓励我一样。当我意识到以后，立刻明白了我应该怎么做。

跟我想赶紧处理掉它一样，蓝皮书也想逃离这里。虽然我们是敌人，但是我们在此时达成了共识。我们在翻过栅栏的过程中成为了合作伙伴，可那之后又变回了对手。

等我终于爬到了栅栏最上面时，铃铛声停止了。

我的努力都白费了！我花了太长的时间！

至少当我看着空空的大街时，心里是这样想的。可就在这时，我听到了汽车发动的声音，看到了远处的车灯。垃圾车正向我驶来！

我等它离我近得能闻到腐烂的橘子味的时候，用尽全力一扔，书落到了车上的垃圾袋中间。

我注视着车远远地开走了。

我不知道这是不是最好的办法，不过至少这样，那本书跟橘子皮和其他没用的东西在一起，就不太可能去伤害别的书了。

那本书也想拯救自己，所以才帮助我爬上了栅栏，这一点我非常肯定。也许从此以后，它会变成一个流浪者。不再接触别的书，也就不用再怕自己禁不起诱惑想要祸害其他书。这宿命听上去非常可悲，是乞讨之书的宿命，不过至少它也挽回了一些颜面。我想起了它皮质的封面，庆幸它已经远离我们了。

费了好大的功夫爬上去的栅栏，我一下就跳下来了。卡门正用期待的眼神看着我，她的眼睛一刻都没有离开过栅栏，因此她并没有注意到花园里的变化：小胡安就在她身后的草丛里。

它是怎么到这儿的？卡门总是说她的毛绒小动物会长

大，能说我们都听不懂的秘密语言，它们会结婚，再生下小的毛绒动物宝宝，换句话说，她相信它们是有生命的。

可就连她也很吃惊小胡安居然自己下来了。

"这是怎么回事？"她问我，"小胡安是自己飞下来的吗？"

我能想到的唯一解释是：我们把小胡安忘了，可那些书并没有忘，是它们帮助它离开那儿的。它们是怎么做到的？这我们很难知道。影子之书总是在暗中行动。

另一个可能是小胡安真的是自己下来的，我们在乎的东西会被我们吸引到身边，世上的一切似乎都在证实这个道理。

卡门拥抱了我，在鸟儿的歌声中，阳光也洒满了花园——就好像它们也能觉察出我们的喜悦一样。

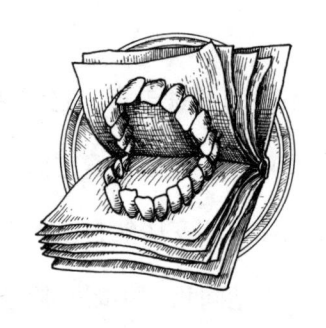

第二十章　美味的诱饵

在讲这个故事的过程中，我对舅舅既有好的评价，也有负面的描述。

从一开始，我就想确保一定要诚实。因此，虽然舅舅对我那么好，我还是说了很多他的缺点。现在，我不得不坦白一件更糟糕的事情，说得直白一点儿：舅舅对做饭已经狂热到发疯了。

一开始，我对他把菜谱和故事混在一起感到很吃惊，继而又爱上了他发明的美味菜肴，并且也很高兴看到他愉快地忙碌着。

可是当他自封为厨房里的高手以后，烹饪就成了他唯一的话题，甚至说起胡椒和蛋黄酱他都能聊上半个小时。

之前，他自创了一些跟故事有关系的菜，而现在他说起蔬菜的语气就像在谈论文学名著：芹菜在他口中变成了一个充满激情的人物，西红柿则是一个冒险小说的主人公。

舅舅对自己的爱好狂热得过头了。先是蓝皮书改变了他的性格，现在他又成为了厨房的囚徒。

卡门一开始的时候高高兴兴地帮助他，但现在舅舅对菠菜的高谈阔论也让她觉得很无趣。

我不得不承认，他做的菜越来越好吃，也越来越有创意了，提托舅舅的确变成了烹饪高手，可他的长篇大论却并不令人愉快。没有什么比对极小的一个方面有极深入的了解更无趣的事情了，渐渐地，我们跟提托舅舅已经无话可谈，因为要想跟他搭上话，你必须要对大蒜十分了解。

那几天对我来说也十分艰难。我跟卡塔琳娜一遍又一遍地查找了"无声的机械"那个区，把我们认为能引起《疯狂之书》兴趣的各种书放在那儿。我们已经处理掉了蓝皮书，这样《疯狂之书》的行动就更自由了。可这似乎还不够，你解决掉了一条鲨鱼，并不代表其他鱼就会靠近你。

我们的猎物表现出了兴趣，就像一条鲟鱼时而浮上水面一样，可是我们还没有找到正确的诱饵。

我们像在平静的小池塘边钓鱼一样，静候猎物上钩。在漫长的等待中，我时常会想起妈妈。

我已经很久没看到她了，甚至开始担心自己会忘了她长什么样子。我很后悔没带一张她的照片来舅舅家。他家唯一一张妈妈的照片是很久以前拍的，就是那张她睡在草坪上的老照片。有时候我会努力回忆她的模样，可总有点儿什么对不上，仿佛这几周的分离是一个橡皮擦，擦去了一部分的记忆一样。我知道她的眼睛和头发都是棕色的，她的鼻梁高高的，她的笑声是世界上最美妙的声音，可是我却不能把这些特点拼凑在一起。

舅舅变成了一个疯狂的厨师，而我快要忘了妈妈的长相！

更糟糕的是，我开始对寻找《疯狂之书》失去信心了，但又害怕卡塔琳娜会注意到我的灰心，也放弃寻找。

我的情绪很低落，我想成为一个自信的人，但不知道该怎么做。

好在当我最绝望的时候，卡塔琳娜想到了一个办法。她告诉我，在寻找给《疯狂之书》的诱饵时，我们的做法跟厨房里的舅舅一模一样：我们找的都是给专家内行看的书，这些书讲的都是其他书。

"《疯狂之书》想要更有意思的内容。"卡塔琳娜解释说，"如果我们只给它关于其他书的书，它会觉得我们想把它归类。它已经隐藏了这么久，一定不想成为一本无聊的索引书。我们应该让它明白，被我们阅读会是一个有趣的经历。"

"你说得对，可是它会喜欢什么书呢？"

"你知道我是怎么想的吗？"每次卡塔琳娜想到一个重要的主意，她的眼睛里都会闪烁出光芒。

我急切地想知道她的计划，不知道怎么回答她。她接着说："要想让它出现在我们的生活中，我们必须给它一些更有诱惑力的东西。"

"什么东西？"

"一些我们喜欢的！我们得让它知道我们喜欢什么，这样它就能更了解我们。"

"对，比如心形河流的故事。"

231

"可要是它不喜欢呢？"卡塔琳娜突然担心起来。

我鼓励她说："它必须了解真实的我们，要是它不喜欢我们最喜欢的东西，也许它就不该出现在我们的生活之中。"

"你说得对。"

于是我们把好几部心形河流的小说放在我们觉得《疯狂之书》有可能会出现的地方。

它会不会像我们那样喜欢这些书呢？向它展示我们喜欢阅读的书籍是我们能做出的最真诚的举动。

心形河流的故事在被我们阅读之后都发生了改变，因此它能读到原来的故事，也可以知道我们加入的内容。要是《疯狂之书》想知道我们能不能成为它的朋友，这是我们给它做的最好的自我介绍。

我们放完诱饵之后就回到了厨房，舅舅正在那儿大谈花生壳。这让我们更加确信在寻找《疯狂之书》的方法上，我们刚刚做出了一个正确的决策。之前的很多天，我们给它带去的书都在向它证明我们是各个领域的专家，现在，它就能了解我们也喜欢像生活本身一样多变而精彩的故事了。

第二天发生的事情给了我们很大的鼓励，同时也有点儿奇怪。

我们在"无声的机械"区域走来走去，突然感觉到一阵奇怪的摇晃，像是房间里有什么要爆炸了。

就在这时，在《心形河流上的发现》旁边，我们瞟到了一本无字的白皮书，那本书看起来还没有装订完成，也还没有全部印完。

它正在书架最高最不容易够到的地方窥视着我们。

我趴下来，双手撑着地，这样卡塔琳娜就能踩到我的背上去够那本书。可并没有够到。

鱼已经朝诱饵游过来了，可并没有咬上鱼钩。

第二十一章　结束也是开始

有一天，提托舅舅为了给一个印度的咖喱商贩打电话，把电话线接上了，于是我们接到了妈妈打来的电话。

"你在舅舅家再住五天就可以回家啦。"她告诉我。

我能很快再见到妈妈真是太好了，可这个消息也让我有些忧虑。在我离开前，我们能找到《疯狂之书》吗？

接着，妈妈语气坚定地告诉我，爸爸也要回来了，他会住在别的地方，不过我们会常常见面。

"你爸爸跟我是和平分手的，我们都很爱你们。"

大人总是喜欢说些模棱两可的话，"和平分手"这个说法很奇怪。意思是说他不住在我们家了，不过有时候会面带微笑地来敲我们家的门吗？

我很高兴又能见到妈妈了，我非常爱她，想记住她的模样，生怕自己会忘记。可是听她说到会来接我们回家，我心里的时钟仿佛突然加速转了起来。

妈妈听起来心情不错，这让我很开心，不过我现在有自己需要解决的问题——我还有五天的时间去找《疯狂之书》。

我挂断电话，陷入了自己的思绪之中，甚至没注意到有人站在我身后。是舅舅，他神色忧伤地看着地上，"我会想你的，外甥，我们只有五天的时间了。"他举着一只手，张开五根手指，接着紧张地问，"你会回来看我吗？"

"当然会。"我回答。

"你妈妈说你们会搬家，我希望不会太远。"他没有再说下去。

我们的城市扩张得很快，舅舅家在市中心，要是我们搬到城市最外面的一圈就会相隔非常远。我不愿意一直想我的新家，因为如果运气太差，我们将来离舅舅家可能会像隔着一个星球那样遥远。

提托舅舅拔了电话线，跟我一起回到了厨房。我们要离开的消息让他很郁闷，甚至让他不再想聊食物的话题。他开始问卡门她的毛绒小动物们的生活，想证明当他谈论奶油和炖汤的同时，也一直在听她说话。

"今天让欧弗西娅做饭。"他转过身看了看墙上的钟，说道，"已经十点了，卡塔琳娜还没有来。"

我感到心里空空的，于是去了一趟药房。

卡塔琳娜正在柜台后面工作，比平时还要忙。

她跟我解释说，现在有的学校已经开学了，学生们开始互相传染度假时感染的病毒和细菌，她得留下来帮爸爸妈妈。

"我不能去图书馆了。"她冷淡地说。

她的语气听起来不只是忙，更多的是烦躁。

她的妈妈待我还是那样和气，问起我妹妹、妈妈和舅舅的情况。然后她告诉我她女儿看起来有点儿累。

要是她女儿很累，那她为什么还要让女儿工作？难道是卡塔琳娜自己想待在那儿，她对图书馆失去兴趣了？

我看着她麻利地工作着。过了一会儿，我鼓足了勇气问："你到底是怎么回事？"

卡塔琳娜看着我，就好像是我惹她生气了，她却不愿意承认自己不高兴，只装作什么事也没有。她吹开了一缕挂在额前的头发，说道："你说我吗？"

我很想回答"当然是说你，不然你以为我在跟谁说话呢"，可是她刚才的语气好像是在挖苦我，我不敢再惹她不快。我想不出应该怎么回答她，于是说道："是我做错了什么吗？"

我什么责任都愿意承担，即使是跟我一点儿关系都没有的沉船或者战争，我也愿意请求她的原谅。我只想让她像以前那样对我微笑。

"没什么。"她语气冷漠得几乎能杀死我。

"你到底是怎么回事！"我失控地叫道。

"你真的想要我告诉你吗？"卡塔琳娜的眼神刺伤了我。

"是的。"我回答道，像是正在经受折磨那样。

"你看到这个处方了吗？"她给我看了一张顾客给她的单子。

"看到了。"我回答，内心仍然十分煎熬。

"在这间药房里，我能轻松找到那些最罕见的药，我已经厌倦了寻找一本不愿意现身的书。"

"我们马上就要找到了！"

"我不这么认为。"

"拿心形河流的故事作诱饵是你的主意。这是个很好的主意。"

"这只是让它在跟我们玩捉迷藏。在这里，我的工作才是有意义的，胡安。"

从小时候起，卡塔琳娜就每年暑假都在她爸爸妈妈的药房工作，她已经习惯了药房的忙碌，也很喜欢帮助生病的人。我从来没工作过，无法想象那是一种什么样的感觉，那个不愉快的早晨是我第一次尝试想象那样的生活。

"没关系。"我对卡塔琳娜说。

我应该再说些什么吗？要告诉她我还有五天就要走了，我需要她帮我找《疯狂之书》吗？

我猜要是她觉得帮助我没什么意思，一定不会因为同情而帮我。

我转身向药房门口走去。

在我走出去之前，卡塔琳娜追上来说："你一个人接着找吧。我相信你能找到。"

就在那一刻，我意识到了卡塔琳娜与我的区别：在图书馆待了很长时间以后，她有自己思念的地方；而我却只有图书馆。

我低垂着头穿过马路，差点儿被一辆出租车撞到了。我头也没回地走进了舅舅家。

我下决心一定要找到那本书，这样我就能向卡塔琳娜证明，没有她的帮助我一样能做成大事。当然，在剩下的几天里，我也没有别的事可做。

"你需要我帮你吗，外甥？"舅舅拿着一个笔记本向我走来，准备在查找时记录下每一本书的书名。

他对我这么好，我实在无法拒绝他。

我们仔细翻找了"无声的机械"区域里所有的书，直到我的右腿抽筋，舅舅打了无数的喷嚏——他已经受不了书上的灰尘了，我们却依旧毫无收获。

舅舅失望地说："我不是阅读王子，这些书都知道。这是两个人的工作，而我却不是一个好的搭档。"

说完他就放弃了。

那天下午，我没有心情再找下去。我到了"渔民和他的鱼钩"这个区域，一本书的书名立刻引起了我的注意：《巴黎的奥秘》。这本书出现在这个区域有点儿奇怪，不过我早已习惯书在图书馆随性地移动。

暑假刚开始的时候，我十分讨厌巴黎，因为爸爸就是离开我们去了那里。后来，给爸爸打电话时，他跟我说起他正在建的桥，还告诉我他很想我，巴黎似乎又变得不那么可恶了。现在看到这本书，我开始有了兴趣。

我回到房间，打开书，读了起来。这本书同时讲述着许多故事——故事里的人物有的很邪恶，有的很善良。那儿的所有事情都非常复杂，看这本书对正被自己的烦恼困扰的人来说很合适。巴黎像是一个充满了激烈矛盾的地方，这让我暂时忘记了自己的处境。

夜晚到来的时候，我明白了为什么这本书会在"渔民和他的鱼钩"这个区域。它是我的诱饵，而我上钩了。多亏有了这本书，我才度过了这难以忍受的一天。

我一整夜都没有停下来。

当清晨的第一束光照进来的时候，我仍然在房间里阅读。

我睡了几个小时，然后下楼去吃了些饼干，又回到床上继续读了起来。除此之外，那一天我什么都没做。当我合上书的时候，我觉得自己已经比爸爸更了解巴黎了。

舅舅来我的房间看我。他看起来很难过，像是来参加我的葬礼的。

"你一直都没有下床。你是不是病了？"他担心地问道。

"我感觉好多了。"我对他说，这也是实话。

人们生病的时候，常常会躺在床上，我也如此，不过治好我的药是阅读。

第三天早上，奇迹发生了，至少对于我来说是一个奇迹：卡塔琳娜按响了门铃。

"你为什么没告诉我？"这是她说的第一句话。

"告诉你什么？"

"你妈妈要来接你了。"

"你是怎么知道的？"

"卡门来过药房了。"

我转过身去看着妹妹，她解释说："不是我的主意，是小胡安的。它很笨，可有时候也能想到好主意。也可能是安德里斯跟它说的。"

卡门跟她讲了我们是怎么把蓝皮书拿出去的，卡塔琳娜对我们所做的十分佩服，也很赞赏我们并没有拿出来夸耀。

"我们必须找到《疯狂之书》。"她说，"没有时间浪费了。"她坚决的态度让我兴奋不已。

我们进入了"无声的机械"区域，卡塔琳娜朝房间的深处走去了，而我站在那儿，一眼都没有看那些书，只是沉浸在再次和卡塔琳娜一起寻找《疯狂之书》的喜悦之中。我很高兴她愿意离开药房来这里，即使在那儿她能见到很多人，可以得知城里又发生了什么事。

图书馆是个孤立的地方，人们在里面可能会感到孤独。如果能在一个一半是图书馆、一半是药房的地方该多有意思啊！你可以一边聊天，以了解城里发生了什么，一边阅读。在那样的地方，想象可以成为现实的一部分；在那样的地方，有的疾病可以用药丸来治疗，有的则能用书籍来治愈。

然后我想起了一件事。《疯狂之书》第一次靠近我们的时候，欧弗西娅、卡门、舅舅和猫都在这个房间里。也许这本书是因为感知到自己正被生命力包围着才现身的。它或许觉得我们不会抛弃它,甚至有可能会接纳它。

可在那之后,我们除了给它一些书以外,什么都没做。它对心形河流的故事很好奇,可这还不够。

我们得让它知道,它也是我们中间的一员。它不只是组成图书馆的一小部分,而是在家里,跟家人在一起。

我跑向卡塔琳娜,没来得及停下来喘口气,就一口气告诉了她全部的想法,我说得差点儿背过气去。

"我从没见过你一口气说这么多话。"她说道,露出了她的小虎牙,"所以我们该怎么做?"她问。

"欢迎它的到来。你等我一下。"

现在我们得唤醒《疯狂之书》。

卡门拿着很多玩具到了房间里,欧弗西娅由于不得不停下手中缝补的活儿,心情有些不好,舅舅满心好奇地来了,多米诺、象牙和黑曜石被一盘克洛饼哄得高高兴兴地跟来了。

我让他们陪我们一起找这本书,我们不是来抓获它的,而是来欢迎它来到我们中间。

这一次我们好像都看到了它白色的书脊,可是够不到。也有可能这只是我们疲倦而渴望的眼睛里出现的幻觉。

这一天以欧弗西娅匆匆做好的三明治结束,不过说实话,并不是太好吃。

我们的厨师心情很不好,她不愿意花好几个小时跟她并不想阅读的书打交道。也许正是她的坏心情让《疯狂之书》不想靠近吧。于是我决定改变策略。我让欧弗西娅带上她要缝补的衣服,又让舅舅在这个房间里炖一锅菜——这样,《疯狂之书》就能更了解我们每一个人了。

舅舅说我和卡塔琳娜都是阅读王子,我却觉得我们只是普通的阅读者,不过是十分渴望找到我们喜欢的书罢了。无论如何,我们都要找到那本书。

卡门玩着她的小动物,欧弗西娅缝补着衣服上的口子,舅舅揉着一块跟时钟一样形状的比萨饼面团,而我和卡塔琳娜则在每一个书架上寻找。

突然,卡门叫道:"那本白书!"

我们赶紧走去她玩耍的地方。

"我没看到,"卡门说,"是我的兔子看到的。它的视力很好,它也是所有动物的总统。"

"书在哪儿?"我问她。

"现在你相信玩具都有生命了?"

"这跟这本书有关系吗?"

"你觉得我的兔子视力是不是很好?"

"你的兔子视力棒极了!"

"在第三个书架的角落,我的兔子已经盯着它看好久了。"卡门说。

我找到了第三个书架。

书就在那上面。

卡塔琳娜也走到了书架前。

这次它没有再抗拒,我摸了摸它粗糙的书页,把它放在手里。这是一本很厚却很轻的书,装订紧凑,手感很好。

提托舅舅、欧弗西娅、卡门和三只猫都凑到我们身边。卡塔琳娜打开了书。

书页是空白的!我们的一切努力都白费了!

我抬头看了看空空的天花板。《疯狂之书》是一本空白的书！

这时，我们感觉到了一阵震动，就像发动机启动那样。书开始颤抖，仿佛纸张觉得很痒，它们可能还不习惯被那么多目光注视着。

接着，这本书平静了下来，像是一只猫得到了抚摸一样——虽然我们只是用眼睛抚摸着它，迫切地想要阅读里面的故事。

它的书页像牛奶和雪那样白。这是一场没有文字的冒险，一篇没有词语的文章，一个完全空白的故事。花这么大的力气寻找这样一本书，真的值得吗？

我们该怎么办？摇晃它，挤压它，直到摇出点儿什么吗？书里真的有什么故事吗？

卡塔琳娜的手指拂过书页，像是盲人在阅读一本书一样。

"等一下。"舅舅突然情绪激动地说。

由于我们太想读到它，文字开始出现了，不是一个接着一个，而是全部同时出现。故事开始被书写了，它需要在我们成为它的盟友之后，才会现身。

《疯狂之书》这么多年都没有揭示自己的故事,最终,它决定结束孤独的生活。

它找到家了。

我不会忘记在舅舅家度过的时光,也不会忘记我们寻找这本无比特别的书的过程。从那一刻开始,我阅读的每一本书,都像是在被我捕获之后,才向我展示里面的文字。

在这个重大发现的第二天,妈妈来舅舅家接我们了。

见到她,我无比欢喜。那些我害怕失去的记忆顿时全都恢复了。我感到十分轻松,就好像我背负着的重担终于消失了。

我亲爱的舅舅在分别的时候十分伤感,他给我们准备了一些克洛饼带着路上吃。听到我们的新家离他不远,他很高兴。

我们离开前,他出人意料地说:"你来的这段时间,我学到了很多,亲爱的外甥。现在我甚至想要到街上去四处转转。当书被生命力包围时,会变得更好。这是你让我知道的。我会去看你,不用担心不知道该给我准备什么吃的喝的,我会自己带上熏茶。我会坐公交车去看你们，即使车上有其他乘客的头皮屑也没关系。我终于突破了我孤独的外壳！我感觉自己又重生了，像是一只恍然大悟的小鸡。我只有灰白的头发，没有羽毛，不过没关系，没有哪只小鸡是完美的。"

舅舅还是那个我最奇怪也最喜爱的亲戚。

然后他把《疯狂之书》给了我。

"现在它是你的了。"他说。

这个故事过去很多年了，可是我一直没有忘记。

我也没忘记卡塔琳娜。她一直在药房工作。

爸爸妈妈过上了各自的生活，可是我们还会经常见面。

每当我感到孤独焦虑的时候，书籍就是我最好的伴侣。自从那个暑假以后，无论生活怎样起起落落，我都有书籍做伴。

终于，我讲出了这个一直保守着的秘密。可是我差点儿忘记了说《疯狂之书》里写的是什么！

让我们停一下，做一个深呼吸，如果有必要的话，再吃一口饼干补充点儿体力。

好了，我们接着说。

在那难忘的一天，我、卡塔琳娜、欧弗西娅、卡门、舅舅、三只猫，还有毛绒玩具，一直盯着空白的书页，直到那本书决定向我们揭示其中的冒险。

《疯狂之书》的第一页写着："我要给大家讲一讲我十三岁的时候发生的事。这个故事像一双无形的手，扼住我的喉咙，让我难以呼吸，也难以忘记……"

绿色印刷　保护环境　爱护健康

亲爱的读者朋友：

　　本书已入选"北京市绿色印刷工程——优秀出版物绿色印刷示范项目"。它采用绿色印刷标准印制，在封底印有"绿色印刷产品"标志。

　　按照国家环境标准（HJ2503-2011）《环境标志产品技术要求 印刷 第一部分：平版印刷》，本书选用环保型纸张、油墨、胶水等原辅材料，生产过程注重节能减排，印刷产品符合人体健康要求。

　　选择绿色印刷图书，畅享环保健康阅读！

北京市绿色印刷工程